Job

La Bible

Job 1

1. Il y avait dans le pays d'Uts un homme qui s'appelait Job. Et cet homme était intègre et droit ; il craignait Dieu, et se détournait du mal.

2. Il lui naquit sept fils et trois filles.

3. Il possédait sept mille brebis, trois mille chameaux, cinq cents paires de boeufs, cinq cents ânesses, et un très grand nombre de serviteurs. Et cet homme était le plus considérable de tous les fils de l'Orient.

4. Ses fils allaient les uns chez les autres et donnaient tour à tour un festin, et ils invitaient leurs trois soeurs à manger et à boire avec eux.

5. Et quand les jours de festin étaient passés, Job appelait et sanctifiait ses fils, puis il se levait de bon matin et offrait pour chacun d'eux un holocauste ; car Job disait : Peut-être mes fils ont-ils péché et ont-ils offensé Dieu dans leur coeur. C'est ainsi que Job avait coutume d'agir.

6. Or, les fils de Dieu vinrent un jour se présenter devant l'Éternel, et Satan vint aussi au milieu d'eux.

7. L'Éternel dit à Satan : D'où viens-tu ? Et Satan répondit à l'Éternel : De parcourir la terre et de m'y promener.

8. L'Éternel dit à Satan : As-tu remarqué mon serviteur Job ? Il n'y a personne comme lui sur la terre ; c'est un homme intègre et droit, craignant Dieu, et se détournant du mal.

9. Et Satan répondit à l'Éternel : Est-ce d'une manière désintéressée que Job craint Dieu ?

10. Ne l'as-tu pas protégé, lui, sa maison, et tout ce qui est à lui ? Tu as béni l'oeuvre de ses mains, et ses troupeaux couvrent le pays.

11. Mais étends ta main, touche à tout ce qui lui appartient, et je suis sûr qu'il te maudit en face.

12. L'Éternel dit à Satan : Voici, tout ce qui lui appartient, je te le livre ; seulement, ne porte pas la main sur lui. Et Satan se retira de devant la face de l'Éternel.

13. Un jour que les fils et les filles de Job mangeaient et buvaient du vin dans la maison de leur frère aîné,

14. il arriva auprès de Job un messager qui dit : Les boeufs labouraient et les ânesses paissaient à côté d'eux ;

15. des Sabéens se sont jetés dessus, les ont enlevés, et ont passé les serviteurs au fil de l'épée. Et je me suis échappé moi seul, pour t'en apporter la nouvelle.

16. Il parlait encore, lorsqu'un autre vint et dit : Le feu de Dieu est tombé du ciel, a embrasé les brebis et les serviteurs, et les a consumés. Et je me suis échappé moi seul, pour t'en apporter la nouvelle.

17. Il parlait encore, lorsqu'un autre vint et dit : Des Chaldéens, formés en trois bandes, se sont jetés sur les chameaux, les ont enlevés, et ont passé les serviteurs au fil de l'épée. Et je me suis échappé moi seul, pour t'en apporter la nouvelle.

18. Il parlait encore, lorsqu'un autre vint et dit : Tes fils et tes filles mangeaient et buvaient du vin dans la maison de leur frère aîné ;

19. et voici, un grand vent est venu de l'autre côté du désert, et a frappé contre les quatre coins de la maison ; elle s'est écroulée sur les jeunes gens, et ils sont morts. Et je me suis échappé moi seul, pour t'en apporter la nouvelle.

20. Alors Job se leva, déchira son manteau, et se rasa la tête ; puis, se jetant par terre, il se prosterna,

21. et dit : Je suis sorti nu du sein de ma mère, et nu je retournerai dans le sein de la terre. L'Éternel a donné, et l'Éternel a ôté ; que le nom de l'Éternel soit béni !

22. En tout cela, Job ne pécha point et n'attribua rien d'injuste à Dieu.

Job 2

1. Or, les fils de Dieu vinrent un jour se présenter devant l'Éternel, et Satan vint aussi au milieu d'eux se présenter devant l'Éternel.

2. L'Éternel dit à Satan : D'où viens-tu ? Et Satan répondit à l'Éternel : De parcourir la terre et de m'y promener.

3. L'Éternel dit à Satan : As-tu remarqué mon serviteur Job ? Il n'y a personne comme lui sur la terre ; c'est un homme intègre et droit, craignant Dieu, et se détournant du mal. Il demeure ferme dans son intégrité, et tu m'excites à le perdre sans motif.

4. Et Satan répondit à l'Éternel : Peau pour peau ! tout ce que possède un homme, il le donne pour sa vie.

5. Mais étends ta main, touche à ses os et à sa chair, et je suis sûr qu'il te maudit en face.

6. L'Éternel dit à Satan : Voici, je te le livre : seulement, épargne sa vie.

7. Et Satan se retira de devant la face de l'Éternel. Puis il frappa Job d'un ulcère malin, depuis la plante du pied jusqu'au sommet de la tête.

8. Et Job prit un tesson pour se gratter et s'assit sur la cendre.

9. Sa femme lui dit : Tu demeures ferme dans ton intégrité ! Maudis Dieu, et meurs !

10. Mais Job lui répondit : Tu parles comme une femme insensée. Quoi ! nous recevons de Dieu le bien, et nous ne recevrions pas aussi le mal ! En tout cela Job ne pécha point par ses lèvres.

11. Trois amis de Job, Éliphaz de Théman, Bildad de Schuach, et Tsophar de Naama, apprirent tous les malheurs qui lui étaient arrivés. Ils se concertèrent et partirent de chez eux pour aller le plaindre et le

consoler !

12. Ayant de loin porté les regards sur lui, ils ne le reconnurent pas, et ils élevèrent la voix et pleurèrent. Ils déchirèrent leurs manteaux, et ils jetèrent de la poussière en l'air au-dessus de leur tête.
13. Et ils se tinrent assis à terre auprès de lui sept jours et sept nuits, sans lui dire une parole, car ils voyaient combien sa douleur était grande.

Job 3

1. Après cela, Job ouvrit la bouche et maudit le jour de sa naissance.
2. Il prit la parole et dit :
3. Périsse le jour où je suis né, Et la nuit qui dit : Un enfant mâle est conçu !
4. Ce jour ! qu'il se change en ténèbres, Que Dieu n'en ait point souci dans le ciel, Et que la lumière ne rayonne plus sur lui !
5. Que l'obscurité et l'ombre de la mort s'en emparent, Que des nuées établissent leur demeure au-dessus de lui, Et que de noirs phénomènes l'épouvantent !
6. Cette nuit ! que les ténèbres en fassent leur proie, Qu'elle disparaisse de l'année, Qu'elle ne soit plus comptée parmi les mois !
7. Que cette nuit devienne stérile, Que l'allégresse en soit bannie !
8. Qu'elle soit maudite par ceux qui maudissent les jours, Par ceux qui savent exciter le léviathan !
9. Que les étoiles de son crépuscule s'obscurcissent, Qu'elle attende en vain la lumière, Et qu'elle ne voie point les paupières de l'aurore !
10. Car elle n'a pas fermé le sein qui me conçut, Ni dérobé la souffrance à mes regards.
11. Pourquoi ne suis-je pas mort dans le ventre de ma mère ? Pourquoi n'ai-je pas expiré au sortir de ses entrailles ?
12. Pourquoi ai-je trouvé des genoux pour me recevoir, Et des mamelles pour m'allaiter ?
13. Je serais couché maintenant, je serais tranquille, Je dormirais, je reposerais,

14. Avec les rois et les grands de la terre, Qui se bâtirent des

mausolées,

15. Avec les princes qui avaient de l'or, Et qui remplirent d'argent leurs demeures.

16. Ou je n'existerais pas, je serais comme un avorton caché, Comme des enfants qui n'ont pas vu la lumière.

17. Là ne s'agitent plus les méchants, Et là se reposent ceux qui sont fatigués et sans force ;

18. Les captifs sont tous en paix, Ils n'entendent pas la voix de l'oppresseur ;

19. Le petit et le grand sont là, Et l'esclave n'est plus soumis à son maître.

20. Pourquoi donne-t-il la lumière à celui qui souffre, Et la vie à ceux qui ont l'amertume dans l'âme,

21. Qui espèrent en vain la mort, Et qui la convoitent plus qu'un trésor,

22. Qui seraient transportés de joie Et saisis d'allégresse, s'ils trouvaient le tombeau ?

23. A l'homme qui ne sait où aller, Et que Dieu cerne de toutes parts ?

24. Mes soupirs sont ma nourriture, Et mes cris se répandent comme l'eau.

25. Ce que je crains, c'est ce qui m'arrive ; Ce que je redoute, c'est ce qui m'atteint.

26. Je n'ai ni tranquillité, ni paix, ni repos, Et le trouble s'est emparé de moi.

Job 4

1. Éliphaz de Théman prit la parole et dit :
2. Si nous osons ouvrir la bouche, en seras-tu peiné ? Mais qui pourrait garder le silence ?
3. Voici, tu as souvent enseigné les autres, Tu as fortifié les mains languissantes,
4. Tes paroles ont relevé ceux qui chancelaient, Tu as affermi les genoux qui pliaient.
5. Et maintenant qu'il s'agit de toi, tu faiblis ! Maintenant que tu es atteint, tu te troubles !
6. Ta crainte de Dieu n'est-elle pas ton soutien ? Ton espérance, n'est-ce pas ton intégrité ?
7. Cherche dans ton souvenir : quel est l'innocent qui a péri ? Quels sont les justes qui ont été exterminés ?
8. Pour moi, je l'ai vu, ceux qui labourent l'iniquité Et qui sèment l'injustice en moissonnent les fruits ;
9. Ils périssent par le souffle de Dieu, Ils sont consumés par le vent de sa colère,
10. Le rugissement des lions prend fin, Les dents des lionceaux sont brisées ;
11. Le lion périt faute de proie, Et les petits de la lionne se dispersent.
12. Une parole est arrivée furtivement jusqu'à moi, Et mon oreille en a recueilli les sons légers.
13. Au moment où les visions de la nuit agitent la pensée, Quand les hommes sont livrés à un profond sommeil,
14. Je fus saisi de frayeur et d'épouvante, Et tous mes os tremblèrent.
15. Un esprit passa près de moi... Tous mes cheveux se hérissèrent...

16. Une figure d'un aspect inconnu était devant mes yeux, Et j'entendis une voix qui murmurait doucement :

17. L'homme serait-il juste devant Dieu ? Serait-il pur devant celui qui l'a fait ?

18. Si Dieu n'a pas confiance en ses serviteurs, S'il trouve de la folie chez ses anges,

19. Combien plus chez ceux qui habitent des maisons d'argile, Qui tirent leur origine de la poussière, Et qui peuvent être écrasés comme un vermisseau !

20. Du matin au soir ils sont brisés, Ils périssent pour toujours, et nul n'y prend garde ;

21. Le fil de leur vie est coupé, Ils meurent, et ils n'ont pas acquis la sagesse.

Job 5

1. Crie maintenant ! Qui te répondra ? Auquel des saints t'adresseras-tu ?
2. L'insensé périt dans sa colère, Le fou meurt dans ses emportements.
3. J'ai vu l'insensé prendre racine ; Puis soudain j'ai maudit sa demeure.
4. Plus de prospérité pour ses fils ; Ils sont foulés à la porte, et personne qui les délivre !
5. Sa moisson est dévorée par des affamés, Qui viennent l'enlever jusque dans les épines, Et ses biens sont engloutis par des hommes altérés.
6. Le malheur ne sort pas de la poussière, Et la souffrance ne germe pas du sol ;
7. L'homme naît pour souffrir, Comme l'étincelle pour voler.
8. Pour moi, j'aurais recours à Dieu, Et c'est à Dieu que j'exposerais ma cause.
9. Il fait des choses grandes et insondables, Des merveilles sans nombre ;
10. Il répand la pluie sur la terre, Et envoie l'eau sur les campagnes ;
11. Il relève les humbles, Et délivre les affligés ;
12. Il anéantit les projets des hommes rusés, Et leurs mains ne peuvent les accomplir ;
13. Il prend les sages dans leur propre ruse, Et les desseins des hommes artificieux sont renversés :
14. Ils rencontrent les ténèbres au milieu du jour, Ils tâtonnent en plein midi comme dans la nuit.

15. Ainsi Dieu protège le faible contre leurs menaces, Et le sauve de la main des puissants ;

16. Et l'espérance soutient le malheureux, Mais l'iniquité ferme la bouche.

17. Heureux l'homme que Dieu châtie ! Ne méprise pas la correction du Tout Puissant.

18. Il fait la plaie, et il la bande ; Il blesse, et sa main guérit.

19. Six fois il te délivrera de l'angoisse, Et sept fois le mal ne t'atteindra pas.

20. Il te sauvera de la mort pendant la famine, Et des coups du glaive pendant la guerre.

21. Tu seras à l'abri du fléau de la langue, Tu seras sans crainte quand viendra la dévastation.

22. Tu te riras de la dévastation comme de la famine, Et tu n'auras pas à redouter les bêtes de la terre ;

23. Car tu feras alliance avec les pierres des champs, Et les bêtes de la terre seront en paix avec toi.

24. Tu jouiras du bonheur sous ta tente, Tu retrouveras tes troupeaux au complet,

25. Tu verras ta postérité s'accroître, Et tes rejetons se multiplier comme l'herbe des champs.

26. Tu entreras au sépulcre dans la vieillesse, Comme on emporte une gerbe en son temps.

27. Voilà ce que nous avons reconnu, voilà ce qui est ; A toi d'entendre et de mettre à profit.

Job 6

1. Job prit la parole et dit :
2. Oh ! s'il était possible de peser ma douleur, Et si toutes mes calamités étaient sur la balance,
3. Elles seraient plus pesantes que le sable de la mer ; Voilà pourquoi mes paroles vont jusqu'à la folie !
4. Car les flèches du Tout Puissant m'ont percé, Et mon âme en suce le venin ; Les terreurs de Dieu se rangent en bataille contre moi.
5. L'âne sauvage crie-t-il auprès de l'herbe tendre ? Le boeuf mugit-il auprès de son fourrage ?
6. Peut-on manger ce qui est fade et sans sel ? Y a-t-il de la saveur dans le blanc d'un oeuf ?
7. Ce que je voudrais ne pas toucher, C'est là ma nourriture, si dégoûtante soit-elle !
8. Puisse mon voeu s'accomplir, Et Dieu veuille réaliser mon espérance !
9. Qu'il plaise à Dieu de m'écraser, Qu'il étende sa main et qu'il m'achève !
10. Il me restera du moins une consolation, Une joie dans les maux dont il m'accable : Jamais je n'ai transgressé les ordres du Saint.
11. Pourquoi espérer quand je n'ai plus de force ? Pourquoi attendre quand ma fin est certaine ?
12. Ma force est-elle une force de pierre ? Mon corps est-il d'airain ?
13. Ne suis-je pas sans ressource, Et le salut n'est-il pas loin de moi ?

14. Celui qui souffre a droit à la compassion de son ami, Même quand il abandonnerait la crainte du Tout Puissant.

15. Mes frères sont perfides comme un torrent, Comme le lit des torrents qui disparaissent.

16. Les glaçons en troublent le cours, La neige s'y précipite ;

17. Viennent les chaleurs, et ils tarissent, Les feux du soleil, et leur lit demeure à sec.

18. Les caravanes se détournent de leur chemin, S'enfoncent dans le désert, et périssent.

19. Les caravanes de Théma fixent le regard, Les voyageurs de Séba sont pleins d'espoir ;

20. Ils sont honteux d'avoir eu confiance, Ils restent confondus quand ils arrivent.

21. Ainsi, vous êtes comme si vous n'existiez pas ; Vous voyez mon angoisse, et vous en avez horreur !

22. Vous ai-je dit : Donnez-moi quelque chose, Faites en ma faveur des présents avec vos biens,

23. Délivrez-moi de la main de l'ennemi, Rachetez-moi de la main des méchants ?

24. Instruisez-moi, et je me tairai ; Faites-moi comprendre en quoi j'ai péché.

25. Que les paroles vraies sont persuasives ! Mais que prouvent vos remontrances ?

26. Voulez-vous donc blâmer ce que j'ai dit, Et ne voir que du vent dans les discours d'un désespéré ?

27. Vous accablez un orphelin, Vous persécutez votre ami.

28. Regardez-moi, je vous prie ! Vous mentirais-je en face ?

29. Revenez, ne soyez pas injustes ; Revenez, et reconnaissez mon innocence.

30. Y a-t-il de l'iniquité sur ma langue, Et ma bouche ne discerne-t-elle pas le mal ?

Job 7

1. Le sort de l'homme sur la terre est celui d'un soldat, Et ses jours sont ceux d'un mercenaire.
2. Comme l'esclave soupire après l'ombre, Comme l'ouvrier attend son salaire,
3. Ainsi j'ai pour partage des mois de douleur, J'ai pour mon lot des nuits de souffrance.
4. Je me couche, et je dis : Quand me lèverai-je ? quand finira la nuit ? Et je suis rassasié d'agitations jusqu'au point du jour.
5. Mon corps se couvre de vers et d'une croûte terreuse, Ma peau se crevasse et se dissout.
6. Mes jours sont plus rapides que la navette du tisserand, Ils s'évanouissent : plus d'espérance !
7. Souviens-toi que ma vie est un souffle ! Mes yeux ne reverront pas le bonheur.
8. L'oeil qui me regarde ne me regardera plus ; Ton oeil me cherchera, et je ne serai plus.
9. Comme la nuée se dissipe et s'en va, Celui qui descend au séjour des morts ne remontera pas ;
10. Il ne reviendra plus dans sa maison, Et le lieu qu'il habitait ne le connaîtra plus.
11. C'est pourquoi je ne retiendrai point ma bouche, Je parlerai dans l'angoisse de mon coeur, Je me plaindrai dans l'amertume de mon âme.
12. Suis-je une mer, ou un monstre marin, Pour que tu établisses des gardes autour de moi ?
13. Quand je dis : Mon lit me soulagera, Ma couche calmera mes

douleurs,

14. C'est alors que tu m'effraies par des songes, Que tu m'épouvantes par des visions.
15. Ah ! je voudrais être étranglé ! Je voudrais la mort plutôt que ces os !
16. Je les méprise !... je ne vivrai pas toujours... Laisse-moi, car ma vie n'est qu'un souffle.
17. Qu'est-ce que l'homme, pour que tu en fasses tant de cas, Pour que tu daignes prendre garde à lui,
18. Pour que tu le visites tous les matins, Pour que tu l'éprouves à tous les instants ?
19. Quand cesseras-tu d'avoir le regard sur moi ? Quand me laisseras-tu le temps d'avaler ma salive ?
20. Si j'ai péché, qu'ai-je pu te faire, gardien des hommes ? Pourquoi me mettre en butte à tes traits ? Pourquoi me rendre à charge à moi-même ?
21. Que ne pardonnes-tu mon péché, Et que n'oublies-tu mon iniquité ? Car je vais me coucher dans la poussière ; Tu me chercheras, et je ne serai plus.

Job 8

1. Bildad de Schuach prit la parole et dit :
2. Jusqu'à quand veux-tu discourir de la sorte, Et les paroles de ta bouche seront-elles un vent impétueux ?
3. Dieu renverserait-il le droit ? Le Tout Puissant renverserait-il la justice ?
4. Si tes fils ont péché contre lui, Il les a livrés à leur péché.
5. Mais toi, si tu as recours à Dieu, Si tu implores le Tout Puissant ;
6. Si tu es juste et droit, Certainement alors il veillera sur toi, Et rendra le bonheur à ton innocente demeure ;
7. Ton ancienne prospérité semblera peu de chose, Celle qui t'est réservée sera bien plus grande.
8. Interroge ceux des générations passées, Sois attentif à l'expérience de leurs pères.
9. Car nous sommes d'hier, et nous ne savons rien, Nos jours sur la terre ne sont qu'une ombre.
10. Ils t'instruiront, ils te parleront, Ils tireront de leur coeur ces sentences :
11. Le jonc croît-il sans marais ? Le roseau croît-il sans humidité ?
12. Encore vert et sans qu'on le coupe, Il sèche plus vite que toutes les herbes.
13. Ainsi arrive-t-il à tous ceux qui oublient Dieu, Et l'espérance de l'impie périra.
14. Son assurance est brisée, Son soutien est une toile d'araignée.
15. Il s'appuie sur sa maison, et elle n'est pas ferme ; Il s'y cramponne, et elle ne résiste pas.

16. Dans toute sa vigueur, en plein soleil, Il étend ses rameaux sur son jardin,

17. Il entrelace ses racines parmi les pierres, Il pénètre jusque dans les murailles ;

18. L'arrache-t-on du lieu qu'il occupe, Ce lieu le renie : Je ne t'ai point connu !

19. Telles sont les délices que ses voies lui procurent. Puis sur le même sol d'autres s'élèvent après lui.

20. Non, Dieu ne rejette point l'homme intègre, Et il ne protège point les méchants.

21. Il remplira ta bouche de cris de joie, Et tes lèvres de chants d'allégresse.

22. Tes ennemis seront couverts de honte ; La tente des méchants disparaîtra.

Job 9

1. Job prit la parole et dit :
2. Je sais bien qu'il en est ainsi ; Comment l'homme serait-il juste devant Dieu ?
3. S'il voulait contester avec lui, Sur mille choses il ne pourrait répondre à une seule.
4. A lui la sagesse et la toute-puissance : Qui lui résisterait impunément ?
5. Il transporte soudain les montagnes, Il les renverse dans sa colère.
6. Il secoue la terre sur sa base, Et ses colonnes sont ébranlées.
7. Il commande au soleil, et le soleil ne paraît pas ; Il met un sceau sur les étoiles.
8. Seul, il étend les cieux, Il marche sur les hauteurs de la mer.
9. Il a créé la Grande Ourse, l'Orion et les Pléiades, Et les étoiles des régions australes.
10. Il fait des choses grandes et insondables, Des merveilles sans nombre.
11. Voici, il passe près de moi, et je ne le vois pas, Il s'en va, et je ne l'aperçois pas.
12. S'il enlève, qui s'y opposera ? Qui lui dira : Que fais-tu ?
13. Dieu ne retire point sa colère ; Sous lui s'inclinent les appuis de l'orgueil.
14. Et moi, comment lui répondre ? Quelles paroles choisir ?
15. Quand je serais juste, je ne répondrais pas ; Je ne puis qu'implorer mon juge.
16. Et quand il m'exaucerait, si je l'invoque, Je ne croirais pas qu'il eût écouté ma voix,

17. Lui qui m'assaille comme par une tempête, Qui multiplie sans raison mes blessures,

18. Qui ne me laisse pas respirer, Qui me rassasie d'amertume.

19. Recourir à la force ? Il est Tout Puissant. A la justice ? Qui me fera comparaître ?

20. Suis-je juste, ma bouche me condamnera ; Suis-je innocent, il me déclarera coupable.

21. Innocent ! Je le suis ; mais je ne tiens pas à la vie, Je méprise mon existence.

22. Qu'importe après tout ? Car, j'ose le dire, Il détruit l'innocent comme le coupable.

23. Si du moins le fléau donnait soudain la mort !... Mais il se rit des épreuves de l'innocent.

24. La terre est livrée aux mains de l'impie ; Il voile la face des juges. Si ce n'est pas lui, qui est-ce donc ?

25. Mes jours sont plus rapides qu'un courrier ; Ils fuient sans avoir vu le bonheur ;

26. Ils passent comme les navires de jonc, Comme l'aigle qui fond sur sa proie.

27. Si je dis : Je veux oublier mes souffrances, Laisser ma tristesse, reprendre courage,

28. Je suis effrayé de toutes mes douleurs. Je sais que tu ne me tiendras pas pour innocent.

29. Je serai jugé coupable ; Pourquoi me fatiguer en vain ?

30. Quand je me laverais dans la neige, Quand je purifierais mes mains avec du savon,

31. Tu me plongerais dans la fange, Et mes vêtements m'auraient en horreur.

32. Il n'est pas un homme comme moi, pour que je lui réponde, Pour que nous allions ensemble en justice.

33. Il n'y a pas entre nous d'arbitre, Qui pose sa main sur nous deux.

34. Qu'il retire sa verge de dessus moi, Que ses terreurs ne me troublent plus ;

35. Alors je parlerai et je ne le craindrai pas. Autrement, je ne suis

point à moi-même.

Job 10

1. Mon âme est dégoûtée de la vie ! Je donnerai cours à ma plainte, Je parlerai dans l'amertume de mon âme.

2. Je dis à Dieu : Ne me condamne pas ! Fais-moi savoir pourquoi tu me prends à partie !

3. Te paraît-il bien de maltraiter, De repousser l'ouvrage de tes mains, Et de faire briller ta faveur sur le conseil des méchants ?

4. As-tu des yeux de chair, Vois-tu comme voit un homme ?

5. Tes jours sont-ils comme les jours de l'homme, Et tes années comme ses années,

6. Pour que tu recherches mon iniquité, Pour que tu t'enquières de mon péché,

7. Sachant bien que je ne suis pas coupable, Et que nul ne peut me délivrer de ta main ?

8. Tes mains m'ont formé, elles m'ont créé, Elles m'ont fait tout entier... Et tu me détruirais !

9. Souviens-toi que tu m'as façonné comme de l'argile ; Voudrais-tu de nouveau me réduire en poussière ?

10. Ne m'as-tu pas coulé comme du lait ? Ne m'as-tu pas caillé comme du fromage ?

11. Tu m'as revêtu de peau et de chair, Tu m'as tissé d'os et de nerfs ;

12. Tu m'as accordé ta grâce avec la vie, Tu m'as conservé par tes soins et sous ta garde.

13. Voici néanmoins ce que tu cachais dans ton coeur, Voici, je le sais, ce que tu as résolu en toi-même.

14. Si je pèche, tu m'observes, Tu ne pardonnes pas mon iniquité.

15. Suis-je coupable, malheur à moi ! Suis-je innocent, je n'ose lever la tête, Rassasié de honte et absorbé dans ma misère.

16. Et si j'ose la lever, tu me poursuis comme un lion, Tu me frappes encore par des prodiges.

17. Tu m'opposes de nouveaux témoins, Tu multiplies tes fureurs contre moi, Tu m'assailles d'une succession de calamités.

18. Pourquoi m'as-tu fait sortir du sein de ma mère ? Je serais mort, et aucun oeil ne m'aurait vu ;

19. Je serais comme si je n'eusse pas existé, Et j'aurais passé du ventre de ma mère au sépulcre.

20. Mes jours ne sont-ils pas en petit nombre ? Qu'il me laisse, Qu'il se retire de moi, et que je respire un peu,

21. Avant que je m'en aille, pour ne plus revenir, Dans le pays des ténèbres et de l'ombre de la mort,

22. Pays d'une obscurité profonde, Où règnent l'ombre de la mort et la confusion, Et où la lumière est semblable aux ténèbres.

Job 11

1. Tsophar de Naama prit la parole et dit :
2. Cette multitude de paroles ne trouvera-t-elle point de réponse, Et suffira-t-il d'être un discoureur pour avoir raison ?
3. Tes vains propos feront-ils taire les gens ? Te moqueras-tu, sans que personne te confonde ?
4. Tu dis : Ma manière de voir est juste, Et je suis pur à tes yeux.
5. Oh ! si Dieu voulait parler, S'il ouvrait les lèvres pour te répondre,
6. Et s'il te révélait les secrets de sa sagesse, De son immense sagesse, Tu verrais alors qu'il ne te traite pas selon ton iniquité.
7. Prétends-tu sonder les pensées de Dieu, Parvenir à la connaissance parfaite du Tout Puissant ?
8. Elle est aussi haute que les cieux : que feras-tu ? Plus profonde que le séjour des morts : que sauras-tu ?
9. La mesure en est plus longue que la terre, Elle est plus large que la mer.
10. S'il passe, s'il saisit, S'il traîne à son tribunal, qui s'y opposera ?
11. Car il connaît les vicieux, Il voit facilement les coupables.
12. L'homme, au contraire, a l'intelligence d'un fou, Il est né comme le petit d'un âne sauvage.
13. Pour toi, dirige ton coeur vers Dieu, Étends vers lui tes mains,
14. Éloigne-toi de l'iniquité, Et ne laisse pas habiter l'injustice sous ta tente.

15. Alors tu lèveras ton front sans tache, Tu seras ferme et sans crainte ;
16. Tu oublieras tes souffrances, Tu t'en souviendras comme des eaux

écoulées.

17. Tes jours auront plus d'éclat que le soleil à son midi, Tes ténèbres seront comme la lumière du matin,

18. Tu seras plein de confiance, et ton attente ne sera plus vaine ; Tu regarderas autour de toi, et tu reposeras en sûreté.

19. Tu te coucheras sans que personne ne trouble, Et plusieurs caresseront ton visage.

20. Mais les yeux des méchants seront consumés ; Pour eux point de refuge ; La mort, voilà leur espérance !

Job 12

1. Job prit la parole et dit :
2. On dirait, en vérité, que le genre humain c'est vous, Et qu'avec vous doit mourir la sagesse.
3. J'ai tout aussi bien que vous de l'intelligence, moi, Je ne vous suis point inférieur ; Et qui ne sait les choses que vous dites ?
4. Je suis pour mes amis un objet de raillerie, Quand j'implore le secours de Dieu ; Le juste, l'innocent, un objet de raillerie !
5. Au malheur le mépris ! c'est la devise des heureux ; A celui dont le pied chancelle est réservé le mépris.
6. Il y a paix sous la tente des pillards, Sécurité pour ceux qui offensent Dieu, Pour quiconque se fait un dieu de sa force.
7. Interroge les bêtes, elles t'instruiront, Les oiseaux du ciel, ils te l'apprendront ;
8. Parle à la terre, elle t'instruira ; Et les poissons de la mer te le raconteront.
9. Qui ne reconnaît chez eux la preuve Que la main de l'Éternel a fait toutes choses ?
10. Il tient dans sa main l'âme de tout ce qui vit, Le souffle de toute chair d'homme.
11. L'oreille ne discerne-t-elle pas les paroles, Comme le palais savoure les aliments ?
12. Dans les vieillards se trouve la sagesse, Et dans une longue vie l'intelligence.
13. En Dieu résident la sagesse et la puissance. Le conseil et l'intelligence lui appartiennent.

14. Ce qu'il renverse ne sera point rebâti, Celui qu'il enferme ne sera point délivré.

15. Il retient les eaux et tout se dessèche ; Il les lâche, et la terre en est dévastée.

16. Il possède la force et la prudence ; Il maîtrise celui qui s'égare ou fait égarer les autres.

17. Il emmène captifs les conseillers ; Il trouble la raison des juges.

18. Il délie la ceinture des rois, Il met une corde autour de leurs reins.

19. Il emmène captifs les sacrificateurs ; Il fait tomber les puissants.

20. Il ôte la parole à ceux qui ont de l'assurance ; Il prive de jugement les vieillards.

21. Il verse le mépris sur les grands ; Il relâche la ceinture des forts.

22. Il met à découvert ce qui est caché dans les ténèbres, Il produit à la lumière l'ombre de la mort.

23. Il donne de l'accroissement aux nations, et il les anéantit ; Il les étend au loin, et il les ramène dans leurs limites.

24. Il enlève l'intelligence aux chefs des peuples, Il les fait errer dans les déserts sans chemin ;

25. Ils tâtonnent dans les ténèbres, et ne voient pas clair ; Il les fait errer comme des gens ivres.

Job 13

1. Voici, mon oeil a vu tout cela, Mon oreille l'a entendu et y a pris garde.
2. Ce que vous savez, je le sais aussi, Je ne vous suis point inférieur.
3. Mais je veux parler au Tout Puissant, Je veux plaider ma cause devant Dieu ;
4. Car vous, vous n'imaginez que des faussetés, Vous êtes tous des médecins de néant.
5. Que n'avez-vous gardé le silence ? Vous auriez passé pour avoir de la sagesse.
6. Écoutez, je vous prie, ma défense, Et soyez attentifs à la réplique de mes lèvres.
7. Direz-vous en faveur de Dieu ce qui est injuste, Et pour le soutenir alléguerez-vous des faussetés ?
8. Voulez-vous avoir égard à sa personne ? Voulez-vous plaider pour Dieu ?
9. S'il vous sonde, vous approuvera-t-il ? Ou le tromperez-vous comme on trompe un homme ?
10. Certainement il vous condamnera, Si vous n'agissez en secret que par égard pour sa personne.
11. Sa majesté ne vous épouvantera-t-elle pas ? Sa terreur ne tombera-t-elle pas sur vous ?
12. Vos sentences sont des sentences de cendre, Vos retranchements sont des retranchements de boue.
13. Taisez-vous, laissez-moi, je veux parler ! Il m'en arrivera ce qu'il pourra.
14. Pourquoi saisirais-je ma chair entre les dents ? J'exposerai plutôt

ma vie.

15. Voici, il me tuera ; je n'ai rien à espérer ; Mais devant lui je défendrai ma conduite.
16. Cela même peut servir à mon salut, Car un impie n'ose paraître en sa présence.
17. Écoutez, écoutez mes paroles, Prêtez l'oreille à ce que je vais dire.
18. Me voici prêt à plaider ma cause ; Je sais que j'ai raison.
19. Quelqu'un disputera-t-il contre moi ? Alors je me tais, et je veux mourir.
20. Seulement, accorde-moi deux choses Et je ne me cacherai pas de loin de ta face :
21. Retire ta main de dessus moi, Et que tes terreurs ne me troublent plus.
22. Puis appelle, et je répondrai, Ou si je parle, réponds-moi !
23. Quel est le nombre de mes iniquités et de mes péchés ? Fais-moi connaître mes transgressions et mes péchés.
24. Pourquoi caches-tu ton visage, Et me prends-tu pour ton ennemi ?
25. Veux-tu frapper une feuille agitée ? Veux-tu poursuivre une paille desséchée ?
26. Pourquoi m'infliger d'amères souffrances, Me punir pour des fautes de jeunesse ?
27. Pourquoi mettre mes pieds dans les ceps, Surveiller tous mes mouvements, Tracer une limite à mes pas,
28. Quand mon corps tombe en pourriture, Comme un vêtement que dévore la teigne ?

Job 14

1. L'homme né de la femme ! Sa vie est courte, sans cesse agitée.
2. Il naît, il est coupé comme une fleur ; Il fuit et disparaît comme une ombre.
3. Et c'est sur lui que tu as l'oeil ouvert ! Et tu me fais aller en justice avec toi !
4. Comment d'un être souillé sortira-t-il un homme pur ? Il n'en peut sortir aucun.
5. Si ses jours sont fixés, si tu as compté ses mois, Si tu en as marqué le terme qu'il ne saurait franchir,
6. Détourne de lui les regards, et donne-lui du relâche, Pour qu'il ait au moins la joie du mercenaire à la fin de sa journée.
7. Un arbre a de l'espérance : Quand on le coupe, il repousse, Il produit encore des rejetons ;
8. Quand sa racine a vieilli dans la terre, Quand son tronc meurt dans la poussière,
9. Il reverdit à l'approche de l'eau, Il pousse des branches comme une jeune plante.
10. Mais l'homme meurt, et il perd sa force ; L'homme expire, et où est-il ?
11. Les eaux des lacs s'évanouissent, Les fleuves tarissent et se dessèchent ;
12. Ainsi l'homme se couche et ne se relèvera plus, Il ne se réveillera pas tant que les cieux subsisteront, Il ne sortira pas de son sommeil.
13. Oh ! si tu voulais me cacher dans le séjour des morts, M'y tenir à couvert jusqu'à ce que ta colère fût passée, Et me fixer un terme auquel tu te souviendras de moi !

14. Si l'homme une fois mort pouvait revivre, J'aurais de l'espoir tout le temps de mes souffrances, Jusqu'à ce que mon état vînt à changer.

15. Tu appellerais alors, et je te répondrais, Tu languirais après l'ouvrage de tes mains.

16. Mais aujourd'hui tu comptes mes pas, Tu as l'oeil sur mes péchés ;

17. Mes transgressions sont scellées en un faisceau, Et tu imagines des iniquités à ma charge.

18. La montagne s'écroule et périt, Le rocher disparaît de sa place,

19. La pierre est broyée par les eaux, Et la terre emportée par leur courant ; Ainsi tu détruis l'espérance de l'homme.

20. Tu es sans cesse à l'assaillir, et il s'en va ; Tu le défigures, puis tu le renvoies.

21. Que ses fils soient honorés, il n'en sait rien ; Qu'ils soient dans l'abaissement, il l'ignore.

22. C'est pour lui seul qu'il éprouve de la douleur en son corps, C'est pour lui seul qu'il ressent de la tristesse en son âme.

Job 15

1. Éliphaz de Théman prit la parole et dit :
2. Le sage répond-il par un vain savoir ? Se gonfle-t-il la poitrine du vent d'orient ?
3. Est-ce par d'inutiles propos qu'il se défend ? Est-ce par des discours qui ne servent à rien ?
4. Toi, tu détruis même la crainte de Dieu, Tu anéantis tout mouvement de piété devant Dieu.
5. Ton iniquité dirige ta bouche, Et tu prends le langage des hommes rusés.
6. Ce n'est pas moi, c'est ta bouche qui te condamne. Ce sont tes lèvres qui déposent contre toi.
7. Es-tu né le premier des hommes ? As-tu été enfanté avant les collines ?
8. As-tu reçu les confidences de Dieu ? As-tu dérobé la sagesse à ton profit ?
9. Que sais-tu que nous ne sachions pas ? Quelle connaissance as-tu que nous n'ayons pas ?
10. Il y a parmi nous des cheveux blancs, des vieillards, Plus riches de jours que ton père.
11. Tiens-tu pour peu de chose les consolations de Dieu, Et les paroles qui doucement se font entendre à toi ?...
12. Où ton coeur t'entraîne-t-il, Et que signifie ce roulement de tes yeux ?
13. Quoi ! c'est contre Dieu que tu tournes ta colère Et que ta bouche exhale de pareils discours !
14. Qu'est-ce que l'homme, pour qu'il soit pur ? Celui qui est né de la

femme peut-il être juste ?
15. Si Dieu n'a pas confiance en ses saints, Si les cieux ne sont pas purs devant lui,

16. Combien moins l'être abominable et pervers, L'homme qui boit l'iniquité comme l'eau !
17. Je vais te parler, écoute-moi ! Je raconterai ce que j'ai vu,
18. Ce que les sages ont fait connaître, Ce qu'ils ont révélé, l'ayant appris de leurs pères.
19. A eux seuls appartenait le pays, Et parmi eux nul étranger n'était encore venu.
20. Le méchant passe dans l'angoisse tous les jours de sa vie, Toutes les années qui sont le partage de l'impie.
21. La voix de la terreur retentit à ses oreilles ; Au sein de la paix, le dévastateur va fondre sur lui ;
22. Il n'espère pas échapper aux ténèbres, Il voit l'épée qui le menace ;
23. Il court çà et là pour chercher du pain, Il sait que le jour des ténèbres l'attend.
24. La détresse et l'angoisse l'épouvantent, Elles l'assaillent comme un roi prêt à combattre ;
25. Car il a levé la main contre Dieu, Il a bravé le Tout Puissant,
26. Il a eu l'audace de courir à lui Sous le dos épais de ses boucliers.
27. Il avait le visage couvert de graisse, Les flancs chargés d'embonpoint ;
28. Et il habite des villes détruites, Des maisons abandonnées, Sur le point de tomber en ruines.
29. Il ne s'enrichira plus, sa fortune ne se relèvera pas, Sa prospérité ne s'étendra plus sur la terre.

30. Il ne pourra se dérober aux ténèbres, La flamme consumera ses rejetons, Et Dieu le fera périr par le souffle de sa bouche.
31. S'il a confiance dans le mal, il se trompe, Car le mal sera sa récompense.
32. Elle arrivera avant le terme de ses jours, Et son rameau ne verdira plus.

33. Il sera comme une vigne dépouillée de ses fruits encore verts,
Comme un olivier dont on a fait tomber les fleurs.
34. La maison de l'impie deviendra stérile, Et le feu dévorera la tente
de l'homme corrompu.
35. Il conçoit le mal et il enfante le mal, Il mûrit dans son sein des
fruits qui le trompent.

Job 16

1. Job prit la parole et dit :

2. J'ai souvent entendu pareilles choses ; Vous êtes tous des consolateurs fâcheux.

3. Quand finiront ces discours en l'air ? Pourquoi cette irritation dans tes réponses ?

4. Moi aussi, je pourrais parler comme vous, Si vous étiez à ma place : Je vous accablerais de paroles, Je secouerais sur vous la tête,

5. Je vous fortifierais de la bouche, Je remuerais les lèvres pour vous soulager.

6. Si je parle, mes souffrances ne seront point calmées, Si je me tais, en quoi seront-elles moindres ?

7. Maintenant, hélas ! il m'a épuisé... Tu as ravagé toute ma maison ;

8. Tu m'as saisi, pour témoigner contre moi ; Ma maigreur se lève, et m'accuse en face.

9. Il me déchire et me poursuit dans sa fureur, Il grince des dents contre moi, Il m'attaque et me perce de son regard.

10. Ils ouvrent la bouche pour me dévorer, Ils m'insultent et me frappent les joues, Ils s'acharnent tous après moi.

11. Dieu me livre à la merci des impies, Il me précipite entre les mains des méchants.

12. J'étais tranquille, et il m'a secoué, Il m'a saisi par la nuque et m'a brisé, Il a tiré sur moi comme à un but.

13. Ses traits m'environnent de toutes parts ; Il me perce les reins sans pitié, Il répand ma bile sur la terre.

14. Il me fait brèche sur brèche, Il fond sur moi comme un guerrier.

15. J'ai cousu un sac sur ma peau ; J'ai roulé ma tête dans la poussière.

16. Les pleurs ont altéré mon visage ; L'ombre de la mort est sur mes paupières.

17. Je n'ai pourtant commis aucune violence, Et ma prière fut toujours pure.

18. O terre, ne couvre point mon sang, Et que mes cris prennent librement leur essor !

19. Déjà maintenant, mon témoin est dans le ciel, Mon témoin est dans les lieux élevés.

20. Mes amis se jouent de moi ; C'est Dieu que j'implore avec larmes.

21. Puisse-t-il donner à l'homme raison contre Dieu, Et au fils de l'homme contre ses amis !

22. Car le nombre de mes années touche à son terme, Et je m'en irai par un sentier d'où je ne reviendrai pas.

Job 17

1. Mon souffle se perd, Mes jours s'éteignent, Le sépulcre m'attend.
2. Je suis environné de moqueurs, Et mon oeil doit contempler leurs insultes.
3. Sois auprès de toi-même ma caution ; Autrement, qui répondrait pour moi ?
4. Car tu as fermé leur coeur à l'intelligence ; Aussi ne les laisseras-tu pas triompher.
5. On invite ses amis au partage du butin, Et l'on a des enfants dont les yeux se consument.
6. Il m'a rendu la fable des peuples, Et ma personne est un objet de mépris.
7. Mon oeil est obscurci par la douleur ; Tous mes membres sont comme une ombre.
8. Les hommes droits en sont stupéfaits, Et l'innocent se soulève contre l'impie.
9. Le juste néanmoins demeure ferme dans sa voie, Celui qui a les mains pures se fortifie de plus en plus.
10. Mais vous tous, revenez à vos mêmes discours, Et je ne trouverai pas un sage parmi vous.
11. Quoi ! mes jours sont passés, mes projets sont anéantis, Les projets qui remplissaient mon coeur...
12. Et ils prétendent que la nuit c'est le jour, Que la lumière est proche quand les ténèbres sont là !
13. C'est le séjour des morts que j'attends pour demeure, C'est dans les ténèbres que je dresserai ma couche ;
14. Je crie à la fosse : Tu es mon père ! Et aux vers : Vous êtes ma

mère et ma soeur !

15. Mon espérance, où donc est-elle ? Mon espérance, qui peut la voir ?
16. Elle descendra vers les portes du séjour des morts, Quand nous irons ensemble reposer dans la poussière.

Job 18

1. Bildad de Schuach prit la parole et dit :
2. Quand mettrez-vous un terme à ces discours ? Ayez de l'intelligence, puis nous parlerons.
3. Pourquoi sommes-nous regardés comme des bêtes ? Pourquoi ne sommes-nous à vos yeux que des brutes ?
4. O toi qui te déchires dans ta fureur, Faut-il, à cause de toi, que la terre devienne déserte ? Faut-il que les rochers disparaissent de leur place ?
5. La lumière du méchant s'éteindra, Et la flamme qui en jaillit cessera de briller.
6. La lumière s'obscurcira sous sa tente, Et sa lampe au-dessus de lui s'éteindra.
7. Ses pas assurés seront à l'étroit ; Malgré ses efforts, il tombera.
8. Car il met les pieds sur un filet, Il marche dans les mailles,
9. Il est saisi au piège par le talon, Et le filet s'empare de lui ;
10. Le cordeau est caché dans la terre, Et la trappe est sur son sentier.
11. Des terreurs l'assiègent, l'entourent, Le poursuivent par derrière.
12. La faim consume ses forces, La misère est à ses côtés.
13. Les parties de sa peau sont l'une après l'autre dévorées, Ses membres sont dévorés par le premier-né de la mort.
14. Il est arraché de sa tente où il se croyait en sûreté, Il se traîne vers le roi des épouvantements.
15. Nul des siens n'habite sa tente, Le soufre est répandu sur sa demeure.

16. En bas, ses racines se dessèchent ; En haut, ses branches sont

coupées.

17. Sa mémoire disparaît de la terre, Son nom n'est plus sur la face des champs.

18. Il est poussé de la lumière dans les ténèbres, Il est chassé du monde.

19. Il ne laisse ni descendants ni postérité parmi son peuple, Ni survivant dans les lieux qu'il habitait.

20. Les générations à venir seront étonnées de sa ruine, Et la génération présente sera saisie d'effroi.

21. Point d'autre destinée pour le méchant, Point d'autre sort pour qui ne connaît pas Dieu !

Job 19

1. Job prit la parole et dit :

2. Jusques à quand affligerez-vous mon âme, Et m'écraserez-vous de vos discours ?

3. Voilà dix fois que vous m'outragez ; N'avez-vous pas honte de m'étourdir ainsi ?

4. Si réellement j'ai péché, Seul j'en suis responsable.

5. Pensez-vous me traiter avec hauteur ? Pensez-vous démontrer que je suis coupable ?

6. Sachez alors que c'est Dieu qui me poursuit, Et qui m'enveloppe de son filet.

7. Voici, je crie à la violence, et nul ne répond ; J'implore justice, et point de justice !

8. Il m'a fermé toute issue, et je ne puis passer ; Il a répandu des ténèbres sur mes sentiers.

9. Il m'a dépouillé de ma gloire, Il a enlevé la couronne de ma tête.

10. Il m'a brisé de toutes parts, et je m'en vais ; Il a arraché mon espérance comme un arbre.

11. Il s'est enflammé de colère contre moi, Il m'a traité comme l'un de ses ennemis.

12. Ses troupes se sont de concert mises en marche, Elles se sont frayé leur chemin jusqu'à moi, Elles ont campées autour de ma tente.

13. Il a éloigné de moi mes frères, Et mes amis se sont détournés de moi ;

14. Je suis abandonné de mes proches, Je suis oublié de mes intimes.

15. Je suis un étranger pour mes serviteurs et mes servantes, Je ne suis plus à leurs yeux qu'un inconnu.

16. J'appelle mon serviteur, et il ne répond pas ; Je le supplie de ma bouche, et c'est en vain.

17. Mon humeur est à charge à ma femme, Et ma plainte aux fils de mes entrailles.

18. Je suis méprisé même par des enfants ; Si je me lève, je reçois leurs insultes.

19. Ceux que j'avais pour confidents m'ont en horreur, Ceux que j'aimais se sont tournés contre moi.

20. Mes os sont attachés à ma peau et à ma chair ; Il ne me reste que la peau des dents.

21. Ayez pitié, ayez pitié de moi, vous, mes amis ! Car la main de Dieu m'a frappé.

22. Pourquoi me poursuivre comme Dieu me poursuit ? Pourquoi vous montrer insatiables de ma chair ?

23. Oh ! je voudrais que mes paroles fussent écrites, Qu'elles fussent écrites dans un livre ;

24. Je voudrais qu'avec un burin de fer et avec du plomb Elles fussent pour toujours gravées dans le roc...

25. Mais je sais que mon Rédempteur est vivant, Et qu'il se lèvera le dernier sur la terre.

26. Quand ma peau sera détruite, il se lèvera ; Quand je n'aurai plus de chair, je verrai Dieu.

27. Je le verrai, et il me sera favorable ; Mes yeux le verront, et non ceux d'un autre ; Mon âme languit d'attente au dedans de moi.

28. Vous direz alors : Pourquoi le poursuivions-nous ? Car la justice de ma cause sera reconnue.

29. Craignez pour vous le glaive : Les châtiments par le glaive sont terribles ! Et sachez qu'il y a un jugement.

Job 20

1. Tsophar de Naama prit la parole et dit :

2. Mes pensées me forcent à répondre, Et mon agitation ne peut se contenir.

3. J'ai entendu des reproches qui m'outragent ; Le souffle de mon intelligence donnera la réplique.

4. Ne sais-tu pas que, de tout temps, Depuis que l'homme a été placé sur la terre,

5. Le triomphe des méchants a été court, Et la joie de l'impie momentanée ?

6. Quand il s'élèverait jusqu'aux cieux, Et que sa tête toucherait aux nues,

7. Il périra pour toujours comme son ordure, Et ceux qui le voyaient diront : Où est-il ?

8. Il s'envolera comme un songe, et on ne le trouvera plus ; Il disparaîtra comme une vision nocturne ;

9. L'oeil qui le regardait ne le regardera plus, Le lieu qu'il habitait ne l'apercevra plus.

10. Ses fils seront assaillis par les pauvres, Et ses mains restitueront ce qu'il a pris par violence.

11. La vigueur de la jeunesse, qui remplissait ses membres, Aura sa couche avec lui dans la poussière.

12. Le mal était doux à sa bouche, Il le cachait sous sa langue,

13. Il le savourait sans l'abandonner, Il le retenait au milieu de son palais ;

14. Mais sa nourriture se transformera dans ses entrailles, Elle deviendra dans son corps un venin d'aspic.

15. Il a englouti des richesses, il les vomira ; Dieu les chassera de son ventre.

16. Il a sucé du venin d'aspic, La langue de la vipère le tuera.

17. Il ne reposera plus ses regards sur les ruisseaux, Sur les torrents, sur les fleuves de miel et de lait.

18. Il rendra ce qu'il a gagné, et n'en profitera plus ; Il restituera tout ce qu'il a pris, et n'en jouira plus.

19. Car il a opprimé, délaissé les pauvres, Il a ruiné des maisons et ne les a pas rétablies.

20. Son avidité n'a point connu de bornes ; Mais il ne sauvera pas ce qu'il avait de plus cher.

21. Rien n'échappait à sa voracité ; Mais son bien-être ne durera pas.

22. Au milieu de l'abondance il sera dans la détresse ; La main de tous les misérables se lèvera sur lui.

23. Et voici, pour lui remplir le ventre, Dieu enverra sur lui le feu de sa colère, Et le rassasiera par une pluie de traits.

24. S'il échappe aux armes de fer, L'arc d'airain le transpercera.

25. Il arrache de son corps le trait, Qui étincelle au sortir de ses entrailles, Et il est en proie aux terreurs de la mort.

26. Toutes les calamités sont réservées à ses trésors ; Il sera consumé par un feu que n'allumera point l'homme, Et ce qui restera dans sa tente en deviendra la pâture.

27. Les cieux dévoileront son iniquité, Et la terre s'élèvera contre lui.

28. Les revenus de sa maison seront emportés, Ils disparaîtront au jour de la colère de Dieu.

29. Telle est la part que Dieu réserve au méchant, Tel est l'héritage que Dieu lui destine.

Job 21

1. Job prit la parole et dit :

2. Écoutez, écoutez mes paroles, Donnez-moi seulement cette consolation.

3. Laissez-moi parler, je vous prie ; Et, quand j'aurai parlé, tu pourras te moquer.

4. Est-ce contre un homme que se dirige ma plainte ? Et pourquoi mon âme ne serait-elle pas impatiente ?

5. Regardez-moi, soyez étonnés, Et mettez la main sur la bouche.

6. Quand j'y pense, cela m'épouvante, Et un tremblement saisit mon corps.

7. Pourquoi les méchants vivent-ils ? Pourquoi les voit-on vieillir et accroître leur force ?

8. Leur postérité s'affermit avec eux et en leur présence, Leurs rejetons prospèrent sous leurs yeux.

9. Dans leurs maisons règne la paix, sans mélange de crainte ; La verge de Dieu ne vient pas les frapper.

10. Leurs taureaux sont vigoureux et féconds, Leurs génisses conçoivent et n'avortent point.

11. Ils laissent courir leurs enfants comme des brebis, Et les enfants prennent leurs ébats.

12. Ils chantent au son du tambourin et de la harpe, Ils se réjouissent au son du chalumeau.

13. Ils passent leurs jours dans le bonheur, Et ils descendent en un instant au séjour des morts.

14. Ils disaient pourtant à Dieu : Retire-toi de nous ; Nous ne voulons pas connaître tes voies.

15. Qu'est-ce que le Tout Puissant, pour que nous le servions ? Que gagnerions-nous à lui adresser nos prières ?

16. Quoi donc ! ne sont-ils pas en possession du bonheur ? -Loin de moi le conseil des méchants !

17. Mais arrive-t-il souvent que leur lampe s'éteigne, Que la misère fonde sur eux, Que Dieu leur distribue leur part dans sa colère,

18. Qu'ils soient comme la paille emportée par le vent, Comme la balle enlevée par le tourbillon ?

19. Est-ce pour les fils que Dieu réserve le châtiment du père ? Mais c'est lui que Dieu devrait punir, pour qu'il le sente ;

20. C'est lui qui devrait contempler sa propre ruine, C'est lui qui devrait boire la colère du Tout Puissant.

21. Car, que lui importe sa maison après lui, Quand le nombre de ses mois est achevé ?

22. Est-ce à Dieu qu'on donnera de la science, A lui qui gouverne les esprits célestes ?

23. L'un meurt au sein du bien-être, De la paix et du bonheur,

24. Les flancs chargés de graisse Et la moelle des os remplie de sève ;

25. L'autre meurt, l'amertume dans l'âme, Sans avoir joui d'aucun bien.

26. Et tous deux se couchent dans la poussière, Tous deux deviennent la pâture des vers.

27. Je sais bien quelles sont vos pensées, Quels jugements iniques vous portez sur moi.

28. Vous dites : Où est la maison de l'homme puissant ? Où est la tente qu'habitaient les impies ?

29. Mais quoi ! n'avez-vous point interrogé les voyageurs, Et voulez-vous méconnaître ce qu'ils prouvent ?

30. Au jour du malheur, le méchant est épargné ; Au jour de la colère, il échappe.

31. Qui lui reproche en face sa conduite ? Qui lui rend ce qu'il a fait ?

32. Il est porté dans un sépulcre, Et il veille encore sur sa tombe.

33. Les mottes de la vallée lui sont légères ; Et tous après lui suivront

la même voie, Comme une multitude l'a déjà suivie.

34. Pourquoi donc m'offrir de vaines consolations ? Ce qui reste de vos réponses n'est que perfidie.

Job 22

1. Éliphaz de Théman prit la parole et dit :

2. Un homme peut-il être utile à Dieu ? Non ; le sage n'est utile qu'à lui-même.

3. Si tu es juste, est-ce à l'avantage du Tout Puissant ? Si tu es intègre dans tes voies, qu'y gagne-t-il ?

4. Est-ce par crainte de toi qu'il te châtie, Qu'il entre en jugement avec toi ?

5. Ta méchanceté n'est-elle pas grande ? Tes iniquités ne sont-elles pas infinies ?

6. Tu enlevais sans motif des gages à tes frères, Tu privais de leurs vêtements ceux qui étaient nus ;

7. Tu ne donnais point d'eau à l'homme altéré, Tu refusais du pain à l'homme affamé.

8. Le pays était au plus fort, Et le puissant s'y établissait.

9. Tu renvoyais les veuves à vide ; Les bras des orphelins étaient brisés.

10. C'est pour cela que tu es entouré de pièges, Et que la terreur t'a saisi tout à coup.

11. Ne vois-tu donc pas ces ténèbres, Ces eaux débordées qui t'envahissent ?

12. Dieu n'est-il pas en haut dans les cieux ? Regarde le sommet des étoiles, comme il est élevé !

13. Et tu dis : Qu'est-ce que Dieu sait ? Peut-il juger à travers l'obscurité ?

14. Les nuées l'enveloppent, et il ne voit rien ; Il ne parcourt que la voûte des cieux.

15. Eh quoi ! tu voudrais prendre l'ancienne route Qu'ont suivie les hommes d'iniquité ?

16. Ils ont été emportés avant le temps, Ils ont eu la durée d'un torrent qui s'écoule.
17. Ils disaient à Dieu : Retire-toi de nous ; Que peut faire pour nous le Tout Puissant ?
18. Dieu cependant avait rempli de biens leurs maisons. -Loin de moi le conseil des méchants !
19. Les justes, témoins de leur chute, se réjouiront, Et l'innocent se moquera d'eux :
20. Voilà nos adversaires anéantis ! Voilà leurs richesses dévorées par le feu !
21. Attache-toi donc à Dieu, et tu auras la paix ; Tu jouiras ainsi du bonheur.
22. Reçois de sa bouche l'instruction, Et mets dans ton coeur ses paroles.
23. Tu seras rétabli, si tu reviens au Tout Puissant, Si tu éloignes l'iniquité de ta tente.
24. Jette l'or dans la poussière, L'or d'Ophir parmi les cailloux des torrents ;
25. Et le Tout Puissant sera ton or, Ton argent, ta richesse.
26. Alors tu feras du Tout Puissant tes délices, Tu élèveras vers Dieu ta face ;
27. Tu le prieras, et il t'exaucera, Et tu accompliras tes voeux.
28. A tes résolutions répondra le succès ; Sur tes sentiers brillera la lumière.
29. Vienne l'humiliation, tu prieras pour ton relèvement : Dieu secourt celui dont le regard est abattu.
30. Il délivrera même le coupable, Qui devra son salut à la pureté de tes mains.

Job 23

1. Job prit la parole et dit :
2. Maintenant encore ma plainte est une révolte, Mais la souffrance étouffe mes soupirs.
3. Oh ! si je savais où le trouver, Si je pouvais arriver jusqu'à son trône,
4. Je plaiderais ma cause devant lui, Je remplirais ma bouche d'arguments,
5. Je connaîtrais ce qu'il peut avoir à répondre, Je verrais ce qu'il peut avoir à me dire.
6. Emploierait-il toute sa force à me combattre ? Ne daignerait-il pas au moins m'écouter ?
7. Ce serait un homme droit qui plaiderait avec lui, Et je serais pour toujours absous par mon juge.
8. Mais, si je vais à l'orient, il n'y est pas ; Si je vais à l'occident, je ne le trouve pas ;
9. Est-il occupé au nord, je ne puis le voir ; Se cache-t-il au midi, je ne puis le découvrir.
10. Il sait néanmoins quelle voie j'ai suivie ; Et, s'il m'éprouvait, je sortirais pur comme l'or.
11. Mon pied s'est attaché à ses pas ; J'ai gardé sa voie, et je ne m'en suis point détourné.
12. Je n'ai pas abandonné les commandements de ses lèvres ; J'ai fait plier ma volonté aux paroles de sa bouche.
13. Mais sa résolution est arrêtée ; qui s'y opposera ? Ce que son âme désire, il l'exécute.
14. Il accomplira donc ses desseins à mon égard, Et il en concevra

bien d'autres encore.

15. Voilà pourquoi sa présence m'épouvante ; Quand j'y pense, j'ai peur de lui.

16. Dieu a brisé mon courage, Le Tout Puissant m'a rempli d'effroi.
17. Car ce ne sont pas les ténèbres qui m'anéantissent, Ce n'est pas l'obscurité dont je suis couvert.

Job 24

1. Pourquoi le Tout Puissant ne met-il pas des temps en réserve, Et pourquoi ceux qui le connaissent ne voient-ils pas ses jours ?
2. On déplace les bornes, On vole des troupeaux, et on les fait paître ;
3. On enlève l'âne de l'orphelin, On prend pour gage le boeuf de la veuve ;
4. On repousse du chemin les indigents, On force tous les malheureux du pays à se cacher.
5. Et voici, comme les ânes sauvages du désert, Ils sortent le matin pour chercher de la nourriture, Ils n'ont que le désert pour trouver le pain de leurs enfants ;
6. Ils coupent le fourrage qui reste dans les champs, Ils grappillent dans la vigne de l'impie ;
7. Ils passent la nuit dans la nudité, sans vêtement, Sans couverture contre le froid ;
8. Ils sont percés par la pluie des montagnes, Et ils embrassent les rochers comme unique refuge.
9. On arrache l'orphelin à la mamelle, On prend des gages sur le pauvre.
10. Ils vont tout nus, sans vêtement, Ils sont affamés, et ils portent les gerbes ;
11. Dans les enclos de l'impie ils font de l'huile, Ils foulent le pressoir, et ils ont soif ;
12. Dans les villes s'exhalent les soupirs des mourants, L'âme des blessés jette des cris... Et Dieu ne prend pas garde à ces infamies !
13. D'autres sont ennemis de la lumière, Ils n'en connaissent pas les voies, Ils n'en pratiquent pas les sentiers.

14. L'assassin se lève au point du jour, Tue le pauvre et l'indigent, Et il dérobe pendant la nuit.

15. L'oeil de l'adultère épie le crépuscule ; Personne ne me verra, dit-il, Et il met un voile sur sa figure.

16. La nuit ils forcent les maisons, Le jour ils se tiennent enfermés ; Ils ne connaissent pas la lumière.

17. Pour eux, le matin c'est l'ombre de la mort, Ils en éprouvent toutes les terreurs.

18. Eh quoi ! l'impie est d'un poids léger sur la face des eaux, Il n'a sur la terre qu'une part maudite, Il ne prend jamais le chemin des vignes !

19. Comme la sécheresse et la chaleur absorbent les eaux de la neige, Ainsi le séjour des morts engloutit ceux qui pèchent !

20. Quoi ! le sein maternel l'oublie, Les vers en font leurs délices, On ne se souvient plus de lui ! L'impie est brisé comme un arbre,

21. Lui qui dépouille la femme stérile et sans enfants, Lui qui ne répand aucun bienfait sur la veuve !...

22. Non ! Dieu par sa force prolonge les jours des violents, Et les voilà debout quand ils désespéraient de la vie ;

23. Il leur donne de la sécurité et de la confiance, Il a les regards sur leurs voies.

24. Ils se sont élevés ; et en un instant ils ne sont plus, Ils tombent, ils meurent comme tous les hommes, Ils sont coupés comme la tête des épis.

25. S'il n'en est pas ainsi, qui me démentira, Qui réduira mes paroles à néant ?

Job 25

1. Bildad de Schuach prit la parole et dit :
2. La puissance et la terreur appartiennent à Dieu ; Il fait régner la paix dans ses hautes régions.
3. Ses armées ne sont-elles pas innombrables ? Sur qui sa lumière ne se lève-t-elle pas ?
4. Comment l'homme serait-il juste devant Dieu ? Comment celui qui est né de la femme serait-il pur ?
5. Voici, la lune même n'est pas brillante, Et les étoiles ne sont pas pures à ses yeux ;
6. Combien moins l'homme, qui n'est qu'un ver, Le fils de l'homme, qui n'est qu'un vermisseau !

Job 26

1. Job prit la parole et dit :

2. Comme tu sais bien venir en aide à la faiblesse ! Comme tu prêtes secours au bras sans force !

3. Quels bons conseils tu donnes à celui qui manque d'intelligence ! Quelle abondance de sagesse tu fais paraître !

4. A qui s'adressent tes paroles ? Et qui est-ce qui t'inspire ?

5. Devant Dieu les ombres tremblent Au-dessous des eaux et de leurs habitants ;

6. Devant lui le séjour des morts est nu, L'abîme n'a point de voile.

7. Il étend le septentrion sur le vide, Il suspend la terre sur le néant.

8. Il renferme les eaux dans ses nuages, Et les nuages n'éclatent pas sous leur poids.

9. Il couvre la face de son trône, Il répand sur lui sa nuée.

10. Il a tracé un cercle à la surface des eaux, Comme limite entre la lumière et les ténèbres.

11. Les colonnes du ciel s'ébranlent, Et s'étonnent à sa menace.

12. Par sa force il soulève la mer, Par son intelligence il en brise l'orgueil.

13. Son souffle donne au ciel la sérénité, Sa main transperce le serpent fuyard.

14. Ce sont là les bords de ses voies, C'est le bruit léger qui nous en parvient ; Mais qui entendra le tonnerre de sa puissance ?

Job 27

1. Job prit de nouveau la parole sous forme sentencieuse et dit :
2. Dieu qui me refuse justice est vivant ! Le Tout Puissant qui remplit mon âme d'amertume est vivant !
3. Aussi longtemps que j'aurai ma respiration, Et que le souffle de Dieu sera dans mes narines,
4. Mes lèvres ne prononceront rien d'injuste, Ma langue ne dira rien de faux.
5. Loin de moi la pensée de vous donner raison ! Jusqu'à mon dernier soupir je défendrai mon innocence ;
6. Je tiens à me justifier, et je ne faiblirai pas ; Mon coeur ne me fait de reproche sur aucun de mes jours.
7. Que mon ennemi soit comme le méchant, Et mon adversaire comme l'impie !
8. Quelle espérance reste-t-il à l'impie, Quand Dieu coupe le fil de sa vie, Quand il lui retire son âme ?
9. Est-ce que Dieu écoute ses cris, Quand l'angoisse vient l'assaillir ?
10. Fait-il du Tout Puissant ses délices ? Adresse-t-il en tout temps ses prières à Dieu ?
11. Je vous enseignerai les voies de Dieu, Je ne vous cacherai pas les desseins du Tout Puissant.
12. Mais vous les connaissez, et vous êtes d'accord ; Pourquoi donc vous laisser aller à de vaines pensées ?
13. Voici la part que Dieu réserve au méchant, L'héritage que le Tout Puissant destine à l'impie.
14. S'il a des fils en grand nombre, c'est pour le glaive, Et ses rejetons manquent de pain ;

15. Ceux qui échappent sont enterrés par la peste, Et leurs veuves ne les pleurent pas.

16. S'il amasse l'argent comme la poussière, S'il entasse les vêtements comme la boue,

17. C'est lui qui entasse, mais c'est le juste qui se revêt, C'est l'homme intègre qui a l'argent en partage.

18. Sa maison est comme celle que bâtit la teigne, Comme la cabane que fait un gardien.

19. Il se couche riche, et il meurt dépouillé ; Il ouvre les yeux, et tout a disparu.

20. Les terreurs le surprennent comme des eaux ; Un tourbillon l'enlève au milieu de la nuit.

21. Le vent d'orient l'emporte, et il s'en va ; Il l'arrache violemment de sa demeure.

22. Dieu lance sans pitié des traits contre lui, Et le méchant voudrait fuir pour les éviter.

23. On bat des mains à sa chute, Et on le siffle à son départ.

Job 28

1. Il y a pour l'argent une mine d'où on le fait sortir, Et pour l'or un lieu d'où on l'extrait pour l'affiner ;
2. Le fer se tire de la poussière, Et la pierre se fond pour produire l'airain.
3. L'homme fait cesser les ténèbres ; Il explore, jusque dans les endroits les plus profonds, Les pierres cachées dans l'obscurité et dans l'ombre de la mort.
4. Il creuse un puits loin des lieux habités ; Ses pieds ne lui sont plus en aide, Et il est suspendu, balancé, loin des humains.
5. La terre, d'où sort le pain, Est bouleversée dans ses entrailles comme par le feu.
6. Ses pierres contiennent du saphir, Et l'on y trouve de la poudre d'or.
7. L'oiseau de proie n'en connaît pas le sentier, L'oeil du vautour ne l'a point aperçu ;
8. Les plus fiers animaux ne l'ont point foulé, Le lion n'y a jamais passé.
9. L'homme porte sa main sur le roc, Il renverse les montagnes depuis la racine ;
10. Il ouvre des tranchées dans les rochers, Et son oeil contemple tout ce qu'il y a de précieux ;
11. Il arrête l'écoulement des eaux, Et il produit à la lumière ce qui est caché.
12. Mais la sagesse, où se trouve-t-elle ? Où est la demeure de l'intelligence ?
13. L'homme n'en connaît point le prix ; Elle ne se trouve pas dans la

terre des vivants.

14. L'abîme dit : Elle n'est point en moi ; Et la mer dit : Elle n'est point avec moi.

15. Elle ne se donne pas contre de l'or pur, Elle ne s'achète pas au poids de l'argent ;

16. Elle ne se pèse pas contre l'or d'Ophir, Ni contre le précieux onyx, ni contre le saphir ;

17. Elle ne peut se comparer à l'or ni au verre, Elle ne peut s'échanger pour un vase d'or fin.

18. Le corail et le cristal ne sont rien auprès d'elle : La sagesse vaut plus que les perles.

19. La topaze d'Éthiopie n'est point son égale, Et l'or pur n'entre pas en balance avec elle.

20. D'où vient donc la sagesse ? Où est la demeure de l'intelligence ?

21. Elle est cachée aux yeux de tout vivant, Elle est cachée aux oiseaux du ciel.

22. Le gouffre et la mort disent : Nous en avons entendu parler.

23. C'est Dieu qui en sait le chemin, C'est lui qui en connaît la demeure ;

24. Car il voit jusqu'aux extrémités de la terre, Il aperçoit tout sous les cieux.

25. Quand il régla le poids du vent, Et qu'il fixa la mesure des eaux,

26. Quand il donna des lois à la pluie, Et qu'il traça la route de l'éclair et du tonnerre,

27. Alors il vit la sagesse et la manifesta, Il en posa les fondements et la mit à l'épreuve.

28. Puis il dit à l'homme : Voici, la crainte du Seigneur, c'est la sagesse ; S'éloigner du mal, c'est l'intelligence.

Job 29

1. Job prit de nouveau la parole sous forme sentencieuse et dit :

2. Oh ! que ne puis-je être comme aux mois du passé, Comme aux jours où Dieu me gardait,

3. Quand sa lampe brillait sur ma tête, Et que sa lumière me guidait dans les ténèbres !

4. Que ne suis-je comme aux jours de ma vigueur, Où Dieu veillait en ami sur ma tente,

5. Quand le Tout Puissant était encore avec moi, Et que mes enfants m'entouraient ;

6. Quand mes pieds se baignaient dans la crème Et que le rocher répandait près de moi des ruisseaux d'huile !

7. Si je sortais pour aller à la porte de la ville, Et si je me faisais préparer un siège dans la place,

8. Les jeunes gens se retiraient à mon approche, Les vieillards se levaient et se tenaient debout.

9. Les princes arrêtaient leurs discours, Et mettaient la main sur leur bouche ;

10. La voix des chefs se taisait, Et leur langue s'attachait à leur palais.

11. L'oreille qui m'entendait me disait heureux, L'oeil qui me voyait me rendait témoignage ;

12. Car je sauvais le pauvre qui implorait du secours, Et l'orphelin qui manquait d'appui.

13. La bénédiction du malheureux venait sur moi ; Je remplissais de joie le coeur de la veuve.

14. Je me revêtais de la justice et je lui servais de vêtement, J'avais

ma droiture pour manteau et pour turban.

15. J'étais l'oeil de l'aveugle Et le pied du boiteux.

16. J'étais le père des misérables, J'examinais la cause de l'inconnu ;

17. Je brisais la mâchoire de l'injuste, Et j'arrachais de ses dents la proie.

18. Alors je disais : Je mourrai dans mon nid, Mes jours seront abondants comme le sable ;

19. L'eau pénétrera dans mes racines, La rosée passera la nuit sur mes branches ;

20. Ma gloire reverdira sans cesse, Et mon arc rajeunira dans ma main.

21. On m'écoutait et l'on restait dans l'attente, On gardait le silence devant mes conseils.

22. Après mes discours, nul ne répliquait, Et ma parole était pour tous une bienfaisante rosée ;

23. Ils comptaient sur moi comme sur la pluie, Ils ouvraient la bouche comme pour une pluie du printemps.

24. Je leur souriais quand ils perdaient courage, Et l'on ne pouvait chasser la sérénité de mon front.

25. J'aimais à aller vers eux, et je m'asseyais à leur tête ; J'étais comme un roi au milieu d'une troupe, Comme un consolateur auprès des affligés.

Job 30

1. Et maintenant !... je suis la risée de plus jeunes que moi, De ceux dont je dédaignais de mettre les pères Parmi les chiens de mon troupeau.

2. Mais à quoi me servirait la force de leurs mains ? Ils sont incapables d'atteindre la vieillesse.

3. Desséchés par la misère et la faim, Ils fuient dans les lieux arides, Depuis longtemps abandonnés et déserts ;

4. Ils arrachent près des arbrisseaux les herbes sauvages, Et ils n'ont pour pain que la racine des genêts.

5. On les chasse du milieu des hommes, On crie après eux comme après des voleurs.

6. Ils habitent dans d'affreuses vallées, Dans les cavernes de la terre et dans les rochers ;

7. Ils hurlent parmi les buissons, Ils se rassemblent sous les ronces.

8. Etres vils et méprisés, On les repousse du pays.

9. Et maintenant, je suis l'objet de leurs chansons, Je suis en butte à leurs propos.

10. Ils ont horreur de moi, ils se détournent, Ils me crachent au visage.

11. Ils n'ont plus de retenue et ils m'humilient, Ils rejettent tout frein devant moi.

12. Ces misérables se lèvent à ma droite et me poussent les pieds, Ils se fraient contre moi des sentiers pour ma ruine ;

13. Ils détruisent mon propre sentier et travaillent à ma perte, Eux à qui personne ne viendrait en aide ;

14. Ils arrivent comme par une large brèche, Ils se précipitent sous

les craquements.

15. Les terreurs m'assiègent ; Ma gloire est emportée comme par le vent, Mon bonheur a passé comme un nuage.

16. Et maintenant, mon âme s'épanche en mon sein, Les jours de la souffrance m'ont saisi.

17. La nuit me perce et m'arrache les os, La douleur qui me ronge ne se donne aucun repos,

18. Par la violence du mal mon vêtement perd sa forme, Il se colle à mon corps comme ma tunique.

19. Dieu m'a jeté dans la boue, Et je ressemble à la poussière et à la cendre.

20. Je crie vers toi, et tu ne me réponds pas ; Je me tiens debout, et tu me lances ton regard.

21. Tu deviens cruel contre moi, Tu me combats avec la force de ta main.

22. Tu mu soulèves, tu mu fais voler au-dessus du vent, Et tu m'anéantis au bruit de la tempête.

23. Car, je le sais, tu me mènes à la mort, Au rendez-vous de tous les vivants.

24. Mais celui qui va périr n'étend-il pas les mains ? Celui qui est dans le malheur n'implore-t-il pas du secours ?

25. N'avais-je pas des larmes pour l'infortuné ? Mon coeur n'avait-il pas pitié de l'indigent ?

26. J'attendais le bonheur, et le malheur est arrivé ; J'espérais la lumière, et les ténèbres sont venues.

27. Mes entrailles bouillonnent sans relâche, Les jours de la calamité m'ont surpris.

28. Je marche noirci, mais non par le soleil ; Je me lève en pleine assemblée, et je crie.

29. Je suis devenu le frère des chacals, Le compagnon des autruches.

30. Ma peau noircit et tombe, Mes os brûlent et se dessèchent.

31. Ma harpe n'est plus qu'un instrument de deuil, Et mon chalumeau ne peut rendre que des sons plaintifs.

Job 31

1. J'avais fait un pacte avec mes yeux, Et je n'aurais pas arrêté mes regards sur une vierge.

2. Quelle part Dieu m'eût-il réservée d'en haut ? Quel héritage le Tout Puissant m'eût-il envoyé des cieux ?

3. La ruine n'est-elle pas pour le méchant, Et le malheur pour ceux qui commettent l'iniquité ?

4. Dieu n'a-t-il pas connu mes voies ? N'a-t-il pas compté tous mes pas ?

5. Si j'ai marché dans le mensonge, Si mon pied a couru vers la fraude,

6. Que Dieu me pèse dans des balances justes, Et il reconnaîtra mon intégrité !

7. Si mon pas s'est détourné du droit chemin, Si mon coeur a suivi mes yeux, Si quelque souillure s'est attachée à mes mains,

8. Que je sème et qu'un autre moissonne, Et que mes rejetons soient déracinés !

9. Si mon coeur a été séduit par une femme, Si j'ai fait le guet à la porte de mon prochain,

10. Que ma femme tourne la meule pour un autre, Et que d'autres la déshonorent !

11. Car c'est un crime, Un forfait que punissent les juges ;

12. C'est un feu qui dévore jusqu'à la ruine, Et qui aurait détruit toute ma richesse.

13. Si j'ai méprisé le droit de mon serviteur ou de ma servante Lorsqu'ils étaient en contestation avec moi,

14. Qu'ai-je à faire, quand Dieu se lève ? Qu'ai-je à répondre, quand

il châtie ?

15. Celui qui m'a créé dans le ventre de ma mère ne l'a-t-il pas créé ? Le même Dieu ne nous a-t-il pas formés dans le sein maternel ?
16. Si j'ai refusé aux pauvres ce qu'ils demandaient, Si j'ai fait languir les yeux de la veuve,
17. Si j'ai mangé seul mon pain, Sans que l'orphelin en ait eu sa part,
18. Moi qui l'ai dès ma jeunesse élevé comme un père, Moi qui dès ma naissance ai soutenu la veuve ;
19. Si j'ai vu le malheureux manquer de vêtements, L'indigent n'avoir point de couverture,
20. Sans que ses reins m'aient béni, Sans qu'il ait été réchauffé par la toison de mes agneaux ;
21. Si j'ai levé la main contre l'orphelin, Parce que je me sentais un appui dans les juges ;
22. Que mon épaule se détache de sa jointure, Que mon bras tombe et qu'il se brise !
23. Car les châtiments de Dieu m'épouvantent, Et je ne puis rien devant sa majesté.
24. Si j'ai mis dans l'or ma confiance, Si j'ai dit à l'or : Tu es mon espoir ;
25. Si je me suis réjoui de la grandeur de mes biens, De la quantité des richesses que j'avais acquises ;
26. Si j'ai regardé le soleil quand il brillait, La lune quand elle s'avançait majestueuse,
27. Et si mon coeur s'est laissé séduire en secret, Si ma main s'est portée sur ma bouche ;
28. C'est encore un crime que doivent punir les juges, Et j'aurais renié le Dieu d'en haut !

29. Si j'ai été joyeux du malheur de mon ennemi, Si j'ai sauté d'allégresse quand les revers l'ont atteint,
30. Moi qui n'ai pas permis à ma langue de pécher, De demander sa mort avec imprécation ;
31. Si les gens de ma tente ne disaient pas : Où est celui qui n'a pas été rassasié de sa viande ?

32. Si l'étranger passait la nuit dehors, Si je n'ouvrais pas ma porte au voyageur ;

33. Si, comme les hommes, j'ai caché mes transgressions, Et renfermé mes iniquités dans mon sein,

34. Parce que j'avais peur de la multitude, Parce que je craignais le mépris des familles, Me tenant à l'écart et n'osant franchir ma porte...

35. Oh ! qui me fera trouver quelqu'un qui m'écoute ? Voilà ma défense toute signée : Que le Tout Puissant me réponde ! Qui me donnera la plainte écrite par mon adversaire ?

36. Je porterai son écrit sur mon épaule, Je l'attacherai sur mon front comme une couronne ;

37. Je lui rendrai compte de tous mes pas, Je m'approcherai de lui comme un prince.

38. Si ma terre crie contre moi, Et que ses sillons versent des larmes ;

39. Si j'en ai mangé le produit sans l'avoir payée, Et que j'aie attristé l'âme de ses anciens maîtres ;

40. Qu'il y croisse des épines au lieu de froment, Et de l'ivraie au lieu d'orge ! Fin des paroles de Job.

Job 32

1. Ces trois hommes cessèrent de répondre à Job, parce qu'il se regardait comme juste.

2. Alors s'enflamma de colère Élihu, fils de Barakeel de Buz, de la famille de Ram. Sa colère s'enflamma contre Job, parce qu'il se disait juste devant Dieu.

3. Et sa colère s'enflamma contre ses trois amis, parce qu'ils ne trouvaient rien à répondre et que néanmoins ils condamnaient Job.

4. Comme ils étaient plus âgés que lui, Élihu avait attendu jusqu'à ce moment pour parler à Job.

5. Mais, voyant qu'il n'y avait plus de réponse dans la bouche de ces trois hommes, Élihu s'enflamma de colère.

6. Et Élihu, fils de Barakeel de Buz, prit la parole et dit : Je suis jeune, et vous êtes des vieillards ; C'est pourquoi j'ai craint, j'ai redouté De vous faire connaître mon sentiment.

7. Je disais en moi-même : Les jours parleront, Le grand nombre des années enseignera la sagesse.

8. Mais en réalité, dans l'homme, c'est l'esprit, Le souffle du Tout Puissant, qui donne l'intelligence ;

9. Ce n'est pas l'âge qui procure la sagesse, Ce n'est pas la vieillesse qui rend capable de juger.

10. Voilà pourquoi je dis : Écoute ! Moi aussi, j'exposerai ma pensée.

11. J'ai attendu la fin de vos discours, J'ai suivi vos raisonnements, Votre examen des paroles de Job.

12. Je vous ai donné toute mon attention ; Et voici, aucun de vous ne l'a convaincu, Aucun n'a réfuté ses paroles.

13. Ne dites pas cependant : En lui nous avons trouvé la sagesse ; C'est Dieu qui peut le confondre, ce n'est pas un homme !

14. Il ne s'est pas adressé directement à moi : Aussi lui répondrai-je tout autrement que vous.

15. Ils ont peur, ils ne répondent plus ! Ils ont la parole coupée !

16. J'ai attendu qu'ils eussent fini leurs discours, Qu'ils s'arrêtassent et ne sussent que répliquer.

17. A mon tour, je veux répondre aussi, Je veux dire aussi ce que je pense.

18. Car je suis plein de paroles, L'esprit me presse au dedans de moi ;

19. Mon intérieur est comme un vin qui n'a pas d'issue, Comme des outres neuves qui vont éclater.

20. Je parlerai pour respirer à l'aise, J'ouvrirai mes lèvres et je répondrai.

21. Je n'aurai point égard à l'apparence, Et je ne flatterai personne ;

22. Car je ne sais pas flatter : Mon créateur m'enlèverait bien vite.

Job 33

1. Maintenant donc, Job, écoute mes discours, Prête l'oreille à toutes mes paroles !

2. Voici, j'ouvre la bouche, Ma langue se remue dans mon palais.

3. C'est avec droiture de coeur que je vais parler, C'est la vérité pure qu'exprimeront mes lèvres :

4. L'esprit de Dieu m'a créé, Et le souffle du Tout Puissant m'anime.

5. Si tu le peux, réponds-moi, Défends ta cause, tiens-toi prêt !

6. Devant Dieu je suis ton semblable, J'ai été comme toi formé de la boue ;

7. Ainsi mes terreurs ne te troubleront pas, Et mon poids ne saurait t'accabler.

8. Mais tu as dit à mes oreilles, Et j'ai entendu le son de tes paroles :

9. Je suis pur, je suis sans péché, Je suis net, il n'y a point en moi d'iniquité.

10. Et Dieu trouve contre moi des motifs de haine, Il me traite comme son ennemi ;

11. Il met mes pieds dans les ceps, Il surveille tous mes mouvements.

12. Je te répondrai qu'en cela tu n'as pas raison, Car Dieu est plus grand que l'homme.

13. Veux-tu donc disputer avec lui, Parce qu'il ne rend aucun compte de ses actes ?

14. Dieu parle cependant, tantôt d'une manière, Tantôt d'une autre, et l'on n'y prend point garde.

15. Il parle par des songes, par des visions nocturnes, Quand les hommes sont livrés à un profond sommeil, Quand ils sont endormis

sur leur couche.

16. Alors il leur donne des avertissements Et met le sceau à ses instructions,

17. Afin de détourner l'homme du mal Et de le préserver de l'orgueil,

18. Afin de garantir son âme de la fosse Et sa vie des coups du glaive.

19. Par la douleur aussi l'homme est repris sur sa couche, Quand une lutte continue vient agiter ses os.

20. Alors il prend en dégoût le pain, Même les aliments les plus exquis ;

21. Sa chair se consume et disparaît, Ses os qu'on ne voyait pas sont mis à nu ;

22. Son âme s'approche de la fosse, Et sa vie des messagers de la mort.

23. Mais s'il se trouve pour lui un ange intercesseur, Un d'entre les mille Qui annoncent à l'homme la voie qu'il doit suivre,

24. Dieu a compassion de lui et dit à l'ange : Délivre-le, afin qu'il ne descende pas dans la fosse ; J'ai trouvé une rançon !

25. Et sa chair a plus de fraîcheur qu'au premier âge, Il revient aux jours de sa jeunesse.

26. Il adresse à Dieu sa prière ; et Dieu lui est propice, Lui laisse voir sa face avec joie, Et lui rend son innocence.

27. Il chante devant les hommes et dit : J'ai péché, j'ai violé la justice, Et je n'ai pas été puni comme je le méritais ;

28. Dieu a délivré mon âme pour qu'elle n'entrât pas dans la fosse, Et ma vie s'épanouit à la lumière !

29. Voilà tout ce que Dieu fait, Deux fois, trois fois, avec l'homme,

30. Pour ramener son âme de la fosse, Pour l'éclairer de la lumière des vivants.

31. Sois attentif, Job, écoute-moi ! Tais-toi, et je parlerai !

32. Si tu as quelque chose à dire, réponds-moi ! Parle, car je voudrais te donner raison.

33. Si tu n'as rien à dire, écoute-moi ! Tais-toi, et je t'enseignerai la sagesse.

Job 34

1. Élihu reprit et dit :

2. Sages, écoutez mes discours ! Vous qui êtes intelligents, prêtez-moi l'oreille !

3. Car l'oreille discerne les paroles, Comme le palais savoure les aliments.

4. Choisissons ce qui est juste, Voyons entre nous ce qui est bon.

5. Job dit : Je suis innocent, Et Dieu me refuse justice ;

6. J'ai raison, et je passe pour menteur ; Ma plaie est douloureuse, et je suis sans péché.

7. Y a-t-il un homme semblable à Job, Buvant la raillerie comme l'eau,

8. Marchant en société de ceux qui font le mal, Cheminant de pair avec les impies ?

9. Car il a dit : Il est inutile à l'homme De mettre son plaisir en Dieu.

10. Écoutez-moi donc, hommes de sens ! Loin de Dieu l'injustice, Loin du Tout Puissant l'iniquité !

11. Il rend à l'homme selon ses oeuvres, Il rétribue chacun selon ses voies.

12. Non certes, Dieu ne commet pas l'iniquité ; Le Tout Puissant ne viole pas la justice.

13. Qui l'a chargé de gouverner la terre ? Qui a confié l'univers à ses soins ?

14. S'il ne pensait qu'à lui-même, S'il retirait à lui son esprit et son souffle,

15. Toute chair périrait soudain, Et l'homme rentrerait dans la poussière.

16. Si tu as de l'intelligence, écoute ceci, Prête l'oreille au son de mes paroles !

17. Un ennemi de la justice régnerait-il ? Et condamneras-tu le juste, le puissant,

18. Qui proclame la méchanceté des rois Et l'iniquité des princes,

19. Qui n'a point égard à l'apparence des grands Et ne distingue pas le riche du pauvre, Parce que tous sont l'ouvrage de ses mains ?

20. En un instant, ils perdent la vie ; Au milieu de la nuit, un peuple chancelle et périt ; Le puissant disparaît, sans la main d'aucun homme.

21. Car Dieu voit la conduite de tous, Il a les regards sur les pas de chacun.

22. Il n'y a ni ténèbres ni ombre de la mort, Où puissent se cacher ceux qui commettent l'iniquité.

23. Dieu n'a pas besoin d'observer longtemps, Pour qu'un homme entre en jugement avec lui ;

24. Il brise les grands sans information, Et il met d'autres à leur place ;

25. Car il connaît leurs oeuvres. Il les renverse de nuit, et ils sont écrasés ;

26. Il les frappe comme des impies, A la face de tous les regards.

27. En se détournant de lui, En abandonnant toutes ses voies,

28. Ils ont fait monter à Dieu le cri du pauvre, Ils l'ont rendu attentif aux cris des malheureux.

29. S'il donne le repos, qui répandra le trouble ? S'il cache sa face, qui pourra le voir ? Il traite à l'égal soit une nation, soit un homme,

30. Afin que l'impie ne domine plus, Et qu'il ne soit plus un piège pour le peuple.

31. Car a-t-il jamais dit à Dieu : J'ai été châtié, je ne pécherai plus ;

32. Montre-moi ce que je ne vois pas ; Si j'ai commis des injustices, je n'en commettrai plus ?

33. Est-ce d'après toi que Dieu rendra la justice ? C'est toi qui rejettes, qui choisis, mais non pas moi ; Ce que tu sais, dis-le donc !

34. Les hommes de sens seront de mon avis, Le sage qui m'écoute

pensera comme moi.

35. Job parle sans intelligence, Et ses discours manquent de raison.

36. Qu'il continue donc à être éprouvé, Puisqu'il répond comme font les méchants !

37. Car il ajoute à ses fautes de nouveaux péchés ; Il bat des mains au milieu de nous, Il multiplie ses paroles contre Dieu.

Job 35

1. Élihu reprit et dit :

2. Imagines-tu avoir raison, Penses-tu te justifier devant Dieu,

3. Quand tu dis : Que me sert-il, Que me revient-il de ne pas pécher ?

4. C'est à toi que je vais répondre, Et à tes amis en même temps.

5. Considère les cieux, et regarde ! Vois les nuées, comme elles sont au-dessus de toi !

6. Si tu pèches, quel tort lui causes-tu ? Et quand tes péchés se multiplient, que lui fais-tu ?

7. Si tu es juste, que lui donnes-tu ? Que reçoit-il de ta main ?

8. Ta méchanceté ne peut nuire qu'à ton semblable, Ta justice n'est utile qu'au fils de l'homme.

9. On crie contre la multitude des oppresseurs, On se plaint de la violence d'un grand nombre ;

10. Mais nul ne dit : Où est Dieu, mon créateur, Qui inspire des chants d'allégresse pendant la nuit,

11. Qui nous instruit plus que les bêtes de la terre, Et nous donne l'intelligence plus qu'aux oiseaux du ciel ?

12. On a beau crier alors, Dieu ne répond pas, A cause de l'orgueil des méchants.

13. C'est en vain que l'on crie, Dieu n'écoute pas, Le Tout Puissant n'y a point égard.

14. Bien que tu dises que tu ne le vois pas, Ta cause est devant lui : attends-le !

15. Mais, parce que sa colère ne sévit point encore, Ce n'est pas à dire qu'il ait peu souci du crime.

16. Ainsi Job ouvre vainement la bouche, Il multiplie les paroles sans

intelligence.

Job 36

1. Élihu continua et dit :

2. Attends un peu, et je vais poursuivre, Car j'ai des paroles encore pour la cause de Dieu.

3. Je prendrai mes raisons de haut, Et je prouverai la justice de mon créateur.

4. Sois-en sûr, mes discours ne sont pas des mensonges, Mes sentiments devant toi sont sincères.

5. Dieu est puissant, mais il ne rejette personne ; Il est puissant par la force de son intelligence.

6. Il ne laisse pas vivre le méchant, Et il fait droit aux malheureux.

7. Il ne détourne pas les yeux de dessus les justes, Il les place sur le trône avec les rois, Il les y fait asseoir pour toujours, afin qu'ils soient élevés.

8. Viennent-ils à tomber dans les chaînes, Sont-ils pris dans les liens de l'adversité,

9. Il leur dénonce leurs oeuvres, Leurs transgressions, leur orgueil ;

10. Il les avertit pour leur instruction, Il les exhorte à se détourner de l'iniquité.

11. S'ils écoutent et se soumettent, Ils achèvent leurs jours dans le bonheur, Leurs années dans la joie.

12. S'ils n'écoutent pas, ils périssent par le glaive, Ils expirent dans leur aveuglement.

13. Les impies se livrent à la colère, Ils ne crient pas à Dieu quand il les enchaîne ;

14. Ils perdent la vie dans leur jeunesse, Ils meurent comme les débauchés.

15. Mais Dieu sauve le malheureux dans sa misère, Et c'est par la souffrance qu'il l'avertit.

16. Il te retirera aussi de la détresse, Pour te mettre au large, en pleine liberté, Et ta table sera chargée de mets succulents.

17. Mais si tu défends ta cause comme un impie, Le châtiment est inséparable de ta cause.

18. Que l'irritation ne t'entraîne pas à la moquerie, Et que la grandeur de la rançon ne te fasse pas dévier !

19. Tes cris suffiraient-ils pour te sortir d'angoisse, Et même toutes les forces que tu pourrais déployer ?

20. Ne soupire pas après la nuit, Qui enlève les peuples de leur place.

21. Garde-toi de te livrer au mal, Car la souffrance t'y dispose.

22. Dieu est grand par sa puissance ; Qui saurait enseigner comme lui ?

23. Qui lui prescrit ses voies ? Qui ose dire : Tu fais mal ?

24. Souviens-toi d'exalter ses oeuvres, Que célèbrent tous les hommes.

25. Tout homme les contemple, Chacun les voit de loin.

26. Dieu est grand, mais sa grandeur nous échappe, Le nombre de ses années est impénétrable.

27. Il attire à lui les gouttes d'eau, Il les réduit en vapeur et forme la pluie ;

28. Les nuages la laissent couler, Ils la répandent sur la foule des hommes.

29. Et qui comprendra le déchirement de la nuée, Le fracas de sa tente ?

30. Voici, il étend autour de lui sa lumière, Et il se cache jusque dans les profondeurs de la mer.

31. Par ces moyens il juge les peuples, Et il donne la nourriture avec abondance.

32. Il prend la lumière dans sa main, Il la dirige sur ses adversaires.

33. Il s'annonce par un grondement ; Les troupeaux pressentent son approche.

1. Mon coeur est tout tremblant, Il bondit hors de sa place.
2. Écoutez, écoutez le frémissement de sa voix, Le grondement qui sort de sa bouche !
3. Il le fait rouler dans toute l'étendue des cieux, Et son éclair brille jusqu'aux extrémités de la terre.
4. Puis éclate un rugissement : il tonne de sa voix majestueuse ; Il ne retient plus l'éclair, dès que sa voix retentit.
5. Dieu tonne avec sa voix d'une manière merveilleuse ; Il fait de grandes choses que nous ne comprenons pas.
6. Il dit à la neige : Tombe sur la terre ! Il le dit à la pluie, même aux plus fortes pluies.
7. Il met un sceau sur la main de tous les hommes, Afin que tous se reconnaissent comme ses créatures.
8. L'animal sauvage se retire dans une caverne, Et se couche dans sa tanière.
9. L'ouragan vient du midi, Et le froid, des vents du nord.
10. Par son souffle Dieu produit la glace, Il réduit l'espace où se répandaient les eaux.
11. Il charge de vapeurs les nuages, Il les disperse étincelants ;
12. Leurs évolutions varient selon ses desseins, Pour l'accomplissement de tout ce qu'il leur ordonne, Sur la face de la terre habitée ;
13. C'est comme une verge dont il frappe sa terre, Ou comme un signe de son amour, qu'il les fait apparaître.
14. Job, sois attentif à ces choses ! Considère encore les merveilles de Dieu !

15. Sais-tu comment Dieu les dirige, Et fait briller son nuage étincelant ?

16. Comprends-tu le balancement des nuées, Les merveilles de celui dont la science est parfaite ?

17. Sais-tu pourquoi tes vêtements sont chauds Quand la terre se repose par le vent du midi ?

18. Peux-tu comme lui étendre les cieux, Aussi solides qu'un miroir de fonte ?

19. Fais-nous connaître ce que nous devons lui dire ; Nous sommes trop ignorants pour nous adresser à lui.

20. Lui annoncera-t-on que je parlerai ? Mais quel est l'homme qui désire sa perte ?

21. On ne peut fixer le soleil qui resplendit dans les cieux, Lorsqu'un vent passe et en ramène la pureté ;

22. Le septentrion le rend éclatant comme l'or. Oh ! que la majesté de Dieu est redoutable !

23. Nous ne saurions parvenir jusqu'au Tout Puissant, Grand par la force, Par la justice, par le droit souverain : Il ne répond pas !

24. C'est pourquoi les hommes doivent le craindre ; Il ne porte les regards sur aucun sage.

Job 38

1. L'Éternel répondit à Job du milieu de la tempête et dit :
2. Qui est celui qui obscurcit mes desseins Par des discours sans intelligence ?
3. Ceins tes reins comme un vaillant homme ; Je t'interrogerai, et tu m'instruiras.
4. Où étais-tu quand je fondais la terre ? Dis-le, si tu as de l'intelligence.
5. Qui en a fixé les dimensions, le sais-tu ? Ou qui a étendu sur elle le cordeau ?
6. Sur quoi ses bases sont-elles appuyées ? Ou qui en a posé la pierre angulaire,
7. Alors que les étoiles du matin éclataient en chants d'allégresse, Et que tous les fils de Dieu poussaient des cris de joie ?
8. Qui a fermé la mer avec des portes, Quand elle s'élança du sein maternel ;
9. Quand je fis de la nuée son vêtement, Et de l'obscurité ses langes ;
10. Quand je lui imposai ma loi, Et que je lui mis des barrières et des portes ;
11. Quand je dis : Tu viendras jusqu'ici, tu n'iras pas au delà ; Ici s'arrêtera l'orgueil de tes flots ?
12. Depuis que tu existes, as-tu commandé au matin ? As-tu montré sa place à l'aurore,
13. Pour qu'elle saisisse les extrémités de la terre, Et que les méchants en soient secoués ;
14. Pour que la terre se transforme comme l'argile qui reçoit une empreinte, Et qu'elle soit parée comme d'un vêtement ;

15. Pour que les méchants soient privés de leur lumière, Et que le bras qui se lève soit brisé ?

16. As-tu pénétré jusqu'aux sources de la mer ? T'es-tu promené dans les profondeurs de l'abîme ?

17. Les portes de la mort t'ont-elles été ouvertes ? As-tu vu les portes de l'ombre de la mort ?

18. As-tu embrassé du regard l'étendue de la terre ? Parle, si tu sais toutes ces choses.

19. Où est le chemin qui conduit au séjour de la lumière ? Et les ténèbres, où ont-elles leur demeure ?

20. Peux-tu les saisir à leur limite, Et connaître les sentiers de leur habitation ?

21. Tu le sais, car alors tu étais né, Et le nombre de tes jours est grand !

22. Es-tu parvenu jusqu'aux amas de neige ? As-tu vu les dépôts de grêle,

23. Que je tiens en réserve pour les temps de détresse, Pour les jours de guerre et de bataille ?

24. Par quel chemin la lumière se divise-t-elle, Et le vent d'orient se répand-il sur la terre ?

25. Qui a ouvert un passage à la pluie, Et tracé la route de l'éclair et du tonnerre,

26. Pour que la pluie tombe sur une terre sans habitants, Sur un désert où il n'y a point d'hommes ;

27. Pour qu'elle abreuve les lieux solitaires et arides, Et qu'elle fasse germer et sortir l'herbe ?

28. La pluie a-t-elle un père ? Qui fait naître les gouttes de la rosée ?

29. Du sein de qui sort la glace, Et qui enfante le frimas du ciel,

30. Pour que les eaux se cachent comme une pierre, Et que la surface de l'abîme soit enchaînée ?

31. Noues-tu les liens des Pléiades, Ou détaches-tu les cordages de l'Orion ?

32. Fais-tu paraître en leur temps les signes du zodiaque, Et conduis-tu la Grande Ourse avec ses petits ?

33. Connais-tu les lois du ciel ? Règles-tu son pouvoir sur la terre ?
34. Élèves-tu la voix jusqu'aux nuées, Pour appeler à toi des torrents d'eaux ?
35. Lances-tu les éclairs ? Partent-ils ? Te disent-ils : Nous voici ?
36. Qui a mis la sagesse dans le coeur, Ou qui a donné l'intelligence à l'esprit ?
37. Qui peut avec sagesse compter les nuages, Et verser les outres des cieux,
38. Pour que la poussière se mette à ruisseler, Et que les mottes de terre se collent ensemble ?
39. (39 :1) Chasses-tu la proie pour la lionne, Et apaises-tu la faim des lionceaux,
40. (39 :2) Quand ils sont couchés dans leur tanière, Quand ils sont en embuscade dans leur repaire ?
41. (39 :3) Qui prépare au corbeau sa pâture, Quand ses petits crient vers Dieu, Quand ils sont errants et affamés ?

Job 39

1. (39 :4) Sais-tu quand les chèvres sauvages font leurs petits ? Observes-tu les biches quand elles mettent bas ?

2. (39 :5) Comptes-tu les mois pendant lesquels elles portent, Et connais-tu l'époque où elles enfantent ?

3. (39 :6) Elles se courbent, laissent échapper leur progéniture, Et sont délivrées de leurs douleurs.

4. (39 :7) Leurs petits prennent de la vigueur et grandissent en plein air, Ils s'éloignent et ne reviennent plus auprès d'elles.

5. (39 :8) Qui met en liberté l'âne sauvage, Et l'affranchit de tout lien ?

6. (39 :9) J'ai fait du désert son habitation, De la terre salée sa demeure.

7. (39 :10) Il se rit du tumulte des villes, Il n'entend pas les cris d'un maître.

8. (39 :11) Il parcourt les montagnes pour trouver sa pâture, Il est à la recherche de tout ce qui est vert.

9. (39 :12) Le buffle veut-il être à ton service ? Passe-t-il la nuit vers ta crèche ?

10. (39 :13) L'attaches-tu par une corde pour qu'il trace un sillon ? Va-t-il après toi briser les mottes des vallées ?

11. (39 :14) Te reposes-tu sur lui, parce que sa force est grande ? Lui abandonnes-tu le soin de tes travaux ?

12. (39 :15) Te fies-tu à lui pour la rentrée de ta récolte ? Est-ce lui qui doit l'amasser dans ton aire ?

13. (39 :16) L'aile de l'autruche se déploie joyeuse ; On dirait l'aile, le plumage de la cigogne.

14. (39 :17) Mais l'autruche abandonne ses oeufs à la terre, Et les fait chauffer sur la poussière ;

15. (39 :18) Elle oublie que le pied peut les écraser, Qu'une bête des champs peut les fouler.

16. (39 :19) Elle est dure envers ses petits comme s'ils n'étaient point à elle ; Elle ne s'inquiète pas de l'inutilité de son enfantement.

17. (39 :20) Car Dieu lui a refusé la sagesse, Il ne lui a pas donné l'intelligence en partage.

18. (39 :21) Quand elle se lève et prend sa course, Elle se rit du cheval et de son cavalier.

19. (39 :22) Est-ce toi qui donnes la vigueur au cheval, Et qui revêts son cou d'une crinière flottante ?

20. (39 :23) Le fais-tu bondir comme la sauterelle ? Son fier hennissement répand la terreur.

21. (39 :24) Il creuse le sol et se réjouit de sa force, Il s'élance au-devant des armes ;

22. (39 :25) Il se rit de la crainte, il n'a pas peur, Il ne recule pas en face de l'épée.

23. (39 :26) Sur lui retentit le carquois, Brillent la lance et le javelot.

24. (39 :27) Bouillonnant d'ardeur, il dévore la terre, Il ne peut se contenir au bruit de la trompette.

25. (39 :28) Quand la trompette sonne, il dit : En avant ! Et de loin il flaire la bataille, La voix tonnante des chefs et les cris de guerre.

26. (39 :29) Est-ce par ton intelligence que l'épervier prend son vol, Et qu'il étend ses ailes vers le midi ?

27. (39 :30) Est-ce par ton ordre que l'aigle s'élève, Et qu'il place son nid sur les hauteurs ?

28. (39 :31) C'est dans les rochers qu'il habite, qu'il a sa demeure, Sur la cime des rochers, sur le sommet des monts.

29. (39 :32) De là il épie sa proie, Il plonge au loin les regards.

30. (39 :33) Ses petits boivent le sang ; Et là où sont des cadavres, l'aigle se trouve.

Job 40

1. (39 :34) L'Éternel, s'adressant à Job, dit :

2. (39 :35) Celui qui dispute contre le Tout Puissant est-il convaincu ? Celui qui conteste avec Dieu a-t-il une réplique à faire ?

3. (39 :36) Job répondit à l'Éternel et dit :

4. (39 :37) Voici, je suis trop peu de chose ; que te répliquerais-je ? Je mets la main sur ma bouche.

5. (39 :38) J'ai parlé une fois, je ne répondrai plus ; Deux fois, je n'ajouterai rien.

6. (40 :1) L'Éternel répondit à Job du milieu de la tempête et dit :

7. (40 :2) Ceins tes reins comme un vaillant homme ; Je t'interrogerai, et tu m'instruiras.

8. (40 :3) Anéantiras-tu jusqu'à ma justice ? Me condamneras-tu pour te donner droit ?

9. (40 :4) As-tu un bras comme celui de Dieu, Une voix tonnante comme la sienne ?

10. (40 :5) Orne-toi de magnificence et de grandeur, Revêts-toi de splendeur et de gloire !

11. (40 :6) Répands les flots de ta colère, Et d'un regard abaisse les hautains !

12. (40 :7) D'un regard humilie les hautains, Écrase sur place les méchants,

13. (40 :8) Cache-les tous ensemble dans la poussière, Enferme leur front dans les ténèbres !

14. (40 :9) Alors je rends hommage A la puissance de ta droite.

15. (40 :10) Voici l'hippopotame, à qui j'ai donné la vie comme à toi ! Il mange de l'herbe comme le boeuf.

16. (40 :11) Le voici ! Sa force est dans ses reins, Et sa vigueur dans les muscles de son ventre ;

17. (40 :12) Il plie sa queue aussi ferme qu'un cèdre ; Les nerfs de ses cuisses sont entrelacés ;

18. (40 :13) Ses os sont des tubes d'airain, Ses membres sont comme des barres de fer.

19. (40 :14) Il est la première des oeuvres de Dieu ; Celui qui l'a fait l'a pourvu d'un glaive.

20. (40 :15) Il trouve sa pâture dans les montagnes, Où se jouent toutes les bêtes des champs.

21. (40 :16) Il se couche sous les lotus, Au milieu des roseaux et des marécages ;

22. (40 :17) Les lotus le couvrent de leur ombre, Les saules du torrent l'environnent.

23. (40 :18) Que le fleuve vienne à déborder, il ne s'enfuit pas : Que le Jourdain se précipite dans sa gueule, il reste calme.

24. (40 :19) Est-ce à force ouverte qu'on pourra le saisir ? Est-ce au moyen de filets qu'on lui percera le nez ?

Job 41

1. (40 :20) Prendras-tu le crocodile à l'hameçon ? Saisiras-tu sa langue avec une corde ?

2. (40 :21) Mettras-tu un jonc dans ses narines ? Lui perceras-tu la mâchoire avec un crochet ?

3. (40 :22) Te pressera-t-il de supplication ? Te parlera-t-il d'une voix douce ?

4. (40 :23) Fera-t-il une alliance avec toi, Pour devenir à toujours ton esclave ?

5. (40 :24) Joueras-tu avec lui comme avec un oiseau ? L'attacheras-tu pour amuser tes jeunes filles ?

6. (40 :25) Les pêcheurs en trafiquent-ils ? Le partagent-ils entre les marchands ?

7. (40 :26) Couvriras-tu sa peau de dards, Et sa tête de harpons ?

8. (40 :27) Dresse ta main contre lui, Et tu ne t'aviseras plus de l'attaquer.

9. (40 :28) Voici, on est trompé dans son attente ; A son seul aspect n'est-on pas terrassé ?

10. (41 :1) Nul n'est assez hardi pour l'exciter ; Qui donc me résisterait en face ?

11. (41 :2) De qui suis-je le débiteur ? Je le paierai. Sous le ciel tout m'appartient.

12. (41 :3) Je veux encore parler de ses membres, Et de sa force, et de la beauté de sa structure.

13. (41 :4) Qui soulèvera son vêtement ? Qui pénétrera entre ses mâchoires ?

14. (41 :5) Qui ouvrira les portes de sa gueule ? Autour de ses dents

habite la terreur.

15. (41 :6) Ses magnifiques et puissants boucliers Sont unis ensemble comme par un sceau ;
16. (41 :7) Ils se serrent l'un contre l'autre, Et l'air ne passerait pas entre eux ;
17. (41 :8) Ce sont des frères qui s'embrassent, Se saisissent, demeurent inséparables.
18. (41 :9) Ses éternuements font briller la lumière ; Ses yeux sont comme les paupières de l'aurore.
19. (41 :10) Des flammes jaillissent de sa bouche, Des étincelles de feu s'en échappent.
20. (41 :11) Une fumée sort de ses narines, Comme d'un vase qui bout, d'une chaudière ardente.
21. (41 :12) Son souffle allume les charbons, Sa gueule lance la flamme.
22. (41 :13) La force a son cou pour demeure, Et l'effroi bondit au-devant de lui.
23. (41 :14) Ses parties charnues tiennent ensemble, Fondues sur lui, inébranlables.
24. (41 :15) Son coeur est dur comme la pierre, Dur comme la meule inférieure.
25. (41 :16) Quand il se lève, les plus vaillants ont peur, Et l'épouvante les fait fuir.
26. (41 :17) C'est en vain qu'on l'attaque avec l'épée ; La lance, le javelot, la cuirasse, ne servent à rien.
27. (41 :18) Il regarde le fer comme de la paille, L'airain comme du bois pourri.
28. (41 :19) La flèche ne le met pas en fuite, Les pierres de la fronde sont pour lui du chaume.

29. (41 :20) Il ne voit dans la massue qu'un brin de paille, Il rit au sifflement des dards.
30. (41 :21) Sous son ventre sont des pointes aiguës : On dirait une herse qu'il étend sur le limon.
31. (41 :22) Il fait bouillir le fond de la mer comme une chaudière, Il

l'agite comme un vase rempli de parfums.

32. (41 :23) Il laisse après lui un sentier lumineux ; L'abîme prend la chevelure d'un vieillard.

33. (41 :24) Sur la terre nul n'est son maître ; Il a été créé pour ne rien craindre.

34. (41 :25) Il regarde avec dédain tout ce qui est élevé, Il est le roi des plus fiers animaux.

Job 42

1. Job répondit à l'Éternel et dit :

2. Je reconnais que tu peux tout, Et que rien ne s'oppose à tes pensées.

3. Quel est celui qui a la folie d'obscurcir mes desseins ? -Oui, j'ai parlé, sans les comprendre, De merveilles qui me dépassent et que je ne conçois pas.

4. Écoute-moi, et je parlerai ; Je t'interrogerai, et tu m'instruiras.

5. Mon oreille avait entendu parler de toi ; Mais maintenant mon oeil t'a vu.

6. C'est pourquoi je me condamne et je me repens Sur la poussière et sur la cendre.

7. Après que l'Éternel eut adressé ces paroles à Job, il dit à Éliphaz de Théman : Ma colère est enflammée contre toi et contre tes deux amis, parce que vous n'avez pas parlé de moi avec droiture comme l'a fait mon serviteur Job.

8. Prenez maintenant sept taureaux et sept béliers, allez auprès de mon serviteur Job, et offrez pour vous un holocauste. Job, mon serviteur, priera pour vous, et c'est par égard pour lui seul que je ne vous traiterai pas selon votre folie ; car vous n'avez pas parlé de moi avec droiture, comme l'a fait mon serviteur Job.

9. Éliphaz de Théman, Bildad de Schuach, et Tsophar de Naama allèrent et firent comme l'Éternel leur avait dit : et l'Éternel eut égard à la prière de Job.

10. L'Éternel rétablit Job dans son premier état, quand Job eut prié pour ses amis ; et l'Éternel lui accorda le double de tout ce qu'il avait possédé.

11. Les frères, les soeurs, et les anciens amis de Job vinrent tous le visiter, et ils mangèrent avec lui dans sa maison. Ils le plaignirent et le consolèrent de tous les malheurs que l'Éternel avait fait venir sur lui, et chacun lui donna un kesita et un anneau d'or.

12. Pendant ses dernières années, Job reçut de l'Éternel plus de bénédictions qu'il n'en avait reçu dans les premières. Il posséda quatorze mille brebis, six mille chameaux, mille paires de boeufs, et mille ânesses.

13. Il eut sept fils et trois filles :

14. il donna à la première le nom de Jemima, à la seconde celui de Ketsia, et à la troisième celui de Kéren Happuc.

15. Il n'y avait pas dans tout le pays d'aussi belles femmes que les filles de Job. Leur père leur accorda une part d'héritage parmi leurs frères.

16. Job vécut après cela cent quarante ans, et il vit ses fils et les fils de ses fils jusqu'à la quatrième génération.

17. Et Job mourut âgé et rassasié de jours.

FIN